한옥 표기 기준

1. 한글(한자)를 한글 한자 형태로 표기하였다.
2. 문화재명은 문화재청의 표기를 그대로 따르되 지명이 들어가 있는 문화재명은 지명이
   띄어져 있으면 한자를 표기하지 않았다. 지명이 병기되어 있지 않은 문화재명은
   지명을 부가적으로 추가하였으나 한자는 표기하지 않았다.
3. 인용하고자 하는 것이 해당 문화재의 부속건물이나 당호인 경우, 문화재를 우선
   취하고 별당이 단독으로 인용될 때는 별당만을 취하였다.
4. 부속건물만 문화재로 등록된 경우에 본채나 지명은 표기하지 않았다.
5. 비지정 문화재는 소유주 혹은 학계의 자문을 받아 표기하였다. 광역시·도를 제외한
   기초자치단체의 지명만 붙이고 지명은 한자로 표기하지 않았다.

한옥·보다·읽다
Seeing and reading the Hanok
Traditional Korean House

사진 이동춘 · 글 홍형옥
Photo by Lee Dong Chun
Text by Hong Hyung Ock

추천의 글

　　한옥은 우리 삶의 역사이다. 집은 우리가 나고 자란 삶의 터전이기 전에 우리의 부모님과 조상들의 체취가 묻어있는 소중한 유산이다. 한옥은 사람의 생사고락을 함께하는 가장 원초적인 공간인 동시에 포근한 삶의 보금자리이다. 시대의 흐름에 따라 달라진 한옥의 구조와 모양은 우리 역사의 흐름을 잘 나타내고 있다. 바로 우리 조상들의 삶이 남아 있는 서적이나 글귀에서 유추할 수 있는 당대의 상황을 보여주는 대표적인 문화유산이 한옥인 것이다.

　　우리는 한옥에서 조화의 지혜를 발견할 수 있다. 밖으로 담장이 둘러싸고 있는 집의 대문을 열면 마당이 나오고 전통문양이 새겨져 있는 창과 문, 그리고 자연 그 자체인 창호지부터 굳건하지만 부드럽게 얹어져 있는 기와까지 곡선과 직선, 위와 아래, 왼쪽과 오른쪽이 조화를 이루고 있다. 소박하면서도 곳곳에 스며든 절제미는 우리 전통의 고풍스럽고 우아한 멋을 풍기기도 한다. 한옥의 공간은 살고 있는 사람의 성별과 나이, 쓰임새와 역할에 따라 구분되어 있다. 선비의 삶, 여성의 삶, 노인과 어린이의 삶, 자연과 인간, 하늘과 땅 등이 모두 조화를 이룬 전통사상과 사회상을 보여주고 있다.

　　한옥은 목조건물로 이루어져 어느 건축물보다도 가장 인간친화적이며 정겨운 집이다. 나눔과 배려, 상생과 화합, 현대에 필요한 정신적 가치가 담겨져 있는 곳 또한 한옥이다. 희망과 좌절, 흥망과 성쇠, 파란만장한 역사와 대쪽같이 곧은 선비정신, 한 칸 한 칸 정성을 다해 짓고 이은 장인정신, 그 속에 생활한 전통의 질서와 역할을 품고 있는 곳이기도 하다. 무엇보다도 이심전심, 역지사지라는 우리들의 따뜻한 마음이 서려있다. 우리가 우리 고유의 역사와 문화를 이해해야 우리 문화의 참 의미와 가치를 세계에 알릴 수 있다. 대한민국이라는 브랜드를 세계에 알리는 데 꼭 필요한 요소이다.

<한옥·보다·읽다>는 주거문화사 전문가 홍형옥 경희대 명예교수가 사회문화사적으로 접근한 우리의 주거 이야기에 한옥 전문 사진가 이동춘 작가가 10여 년간 촬영한 한옥 사진 중 의미가 남다른 70여 채의 사진 280장을 곁들여 알차게 풀어낸 책이다. 과거부터 현재로 이어지는 한옥의 공간과 구조물을 자세히 들여다보고 우리의 후손에게 전통의 가치와 진정한 의미를 되새기게 하는 친절한 이야기를 담은 한옥 사진집이다. 빈터에 한옥이 들어서서 현존하기까지, 미래를 내다보는 한옥의 구조와 역할, 그 안에 녹아 있는 우리 선현의 지혜까지 하나하나 친절히 설명한 <한옥·보다·읽다>는 한옥의 참맛을 알게 해주는 보석 같은 길잡이이다.

"가장 한국적인 것이 가장 세계적이다"라고 한다. 세계화 시대에 가장 대한민국다운 우리의 문화유산 한옥, 곧 우리를 아는 것이 세계화의 시작이며 새로운 국가 브랜드의 초석이다. <한옥·보다·읽다>가 현대를 살아가는 우리부터 후손에게도 전해져 대한민국이 문화강국으로 발돋움하는 데 이정표가 되기를 소망한다.

2021. 7 이배용
제13대 이화여자대학교 총장, 제16대 한국학중앙연구원장

사진가의 글

한옥은 우리가 흔히 살아 왔던 집이다. 불과 40-50여 년 전 까지는 말이다.

나도 한옥에서 태어나 한옥에서 자랐다. 어릴 적 삐거덕 소리를 내는 나무 대문을 열고 밖으로 나가면 처마를 맞댄 한옥들 사이의 골목엔 또래 아이들의 재잘거리는 소리가 가득했다. 그런데 이제 도시에서 한옥을 보기란 쉽지 않다. 일제강점기와 6·25전쟁을 겪으며 산이 많이 황폐해진 까닭에 좋은 목재를 구하기 힘들어진 탓이다. 산업화가 시작되며 일자리를 찾아 사람들이 도시로 몰려들자, 좁은 땅 위에 여러 세대가 살 수 있는 주거 문화가 필요했던 이유도 있을 것이다. 내가 살던 한옥이 헐려나간 자리에 이제 대규모 아파트 단지가 들어섰다. 골목에서 놀던 친구들은 이미 오래전에 뿔뿔이 흩어졌고, 옛 일을 추억할 장소도 사라졌다.

어릴 적, 아버지는 자라나는 딸들의 모습을 자주 사진에 담으셨다. 맏딸인 나는 아버지의 카메라로 어린 동생들의 모습을 찍었다. 카메라로 찍어 사진으로 완성하는 과정이 꽤나 흥미로웠던 나는 이화 여고 시절 사진반에서 닦은 실력으로 대학 사진과에 들어가 사진을 전공했다. 졸업 후엔 충무로의 한 광고사진스튜디오에 취업을 했고, 전쟁터 같던 그곳에서 무시와 괄시를 받는 막내 직원으로 6년을 견뎠다. 그곳이 아니면 사진을 찍으며 살아남을 수 없을 것만 같아 죽기 살기로 버틸 수밖에 없었다. 월간 <행복이 가득한 집>에서 스카우트 제의를 받은 것은 그때였다. 충무로에서 나는 이름도 성도 없이 '야~'로 불렸지만, 잡지사에 입사한 후엔 새 사람이 된 기분이었다. 내 호칭은 이동춘 기자. <행복이 가득한 집> 사진기자가 되기로 결정한 것은 내겐 일생일대의 행복한 선택이었다.

<행복이 가득한 집>에서의 시간은 행복했다. 나는 당시 앞서가는 리더들의 생활문화를 다양하게 카메라에 담을 수 있었다. 그들은 대부분 서양식 건축물에 살고 있었고, 가구와 생활소품도 디자인이 앞선 서양 것들이 많았다. 잡지는 서양식 건축문화와 디자인을 소개하는 한편 한옥과 전통을 이어가는 장인, 그리고 그들이 만든 소품들을 소개하는 일에도 열심이었다. 책에서 차지하는 비중은 전체의 10%도 안 되었지만, 전통을 지키려 애쓰는 분들을 만나면서 진정한 삶의 가치와 정신에 대해 생각할 기회가 많았다. 프리랜서로 독립한 후, 나는 내 것을 찍기 위해 고민해야 할 상황에 직면했다. 고심 끝에 '전통문화'를 기록하기로 결정했다.

안동에 갔다가 임진왜란 이전에 지어진 한옥과 마주했다. 내겐 새로운 문명의 발견과 비견할만한 굉장한 일이었다. 나무의 단단함과 견고함, 못을 전혀 쓰지 않고 짜 맞춰 완성한 뼈대. 그렝이질을 해 초석 위에 세운 묵직한 배흘림기둥. 반질반질 손때 묻은 대청의 우물마루. 대들보와 서까래로 이어진 천장의 모습이 기존 내가 촬영해 왔던 한옥과는 다른 느낌이었다. 세월이 묻어나는 울림이었다. 그렇게 한옥을 촬영하러 다니다가, 어느 날 종가의 제사를 보게 되었다. 안동포로 곱게 지은 도포 안에 한복에 두루마기를 입고 한복바지 위에 대님을 매고 행전을 차고 도포 띠를 하고, 갓을 쓴 어르신들이 제사를 지내는 모습을 처음 보자마자 '이것을 기록해야겠다'고 생각했다. 조선이 대한제국을 거쳐, 대한민국으로 바뀐 지 오래이건만, 아직도 조선의 유교 문화를 지켜가는 어르신들의 모습에 심장이 두근거렸다. 안동의 종가 종손께 촬영 허가를 받고 싶다 청하니, "자넨 여자라서 안 될세. 여자는 제청이나 사당 출입이 안 된단 말일세"하신다. 그 말에 발끈해 더욱 더 촬영하고 싶다는 욕구가 강해졌다. 안동 어

르신과 친해질 때까지 제사 지낼 때는 카메라를 들이댈 생각도 못했다. 제례 사진 촬영을 허락 받기까지 꼬박 3년이 걸렸다.

작업을 시작하고 얼마 후, 1-2년 전에 만났던 어르신이 돌아 가셨다. 종가의 상례를 제대로 찍어 기록하고 싶었다. 장례 후 집으로 돌아와 지내는 초우제, 이튿날의 재우제, 사흗날의 삼우 제는 물론 100일이 지나면서 이어지는 졸곡, 부사, 소상, 대상, 탈상, 담사, 길사까지의 3년 상을 사진에 담았다. 서울과 안동을 오가는 촬영이 쉽지는 않았지만, 유교의 전통 상례를 기록하는 것이 뿌듯했다. 이집 저집 어르신들이 돌아가실 때마다 기록을 계속했다. 상여 앞에서 망자의 혼을 달래는 소리에 홀리듯 초상 집을 찾아다니며 사진을 찍었다. 자식의 혼례 후 사당에 고유 제 사를 하고 배반상이라는 큰 상을 차리는 과정을 기록하는 데서 안동지역 종가의 음식문화와 고조리서를 접할 기회가 있었다. 기록에 대한 집념이 더 커진 건 그런 조상들의 기록을 본 까닭이 기도 하다.

안동에 고스란히 남아 있는 우리 유교문화의 원형을 보며, 그 문화를 고집스레 지켜온 어른들께 고개가 절로 숙여졌다. 전 국을 다니며 일관성 있게 작업해야 한다는 주변의 충고에 우리 가 옛날부터 살아오던 '한옥'에 집중하고 있다. <행복이 가득한 집>에 연재한 한옥 사진도 그 기록 중의 일부다. 어릴 적 한옥에 살던 추억을 떠올리며 한옥의 모습을 기록하는 일은 늘 좋았다. 이렇게 촬영한 시간이 15년이 되었다.

한옥을 촬영하면서 늘 궁금했던 것들이 있었다. 대문을 들어 간 후에도 왜 중간 중간 문이 있는 걸까? 웃방, 윗방, 상방 등 못 듣던 방의 이름은 무엇을 뜻하나? 집집마다 창호의 형태, 난간 의 모양이 왜 다르지? 편액과 주련에는 무엇이 쓰여 있는 걸까?

궁금한 것은 책을 찾아봐도 너무 어렵게 설명이 되어 있었고, 이 책 저 책을 모아 놓고 찾아야 했다. 그래서였을까? 한옥의 모든 것을 알려주는 책이 있으면 좋겠다는 생각이 어느 샌가 마음에 자리잡았다. 그러다 홍형옥 교수님을 만났고, 의기투합하여 이 책이 탄생했다. 촬영해 놓은 사진이 많았기에 '그냥 그 사진을 사용하면 되겠지'라고 생각했는데, 큰 오산이었다. 원고 내용에 맞는 사진이 필요했던 것이었다. 예를 들면, 일두고택에서 정려기가 있는 대문을 찍어둔 것이 있는데 정작 정려기가 자세히 보이지 않는 것처럼…. 결국, 필요한 사진을 찍으러 고택들을 거듭 찾아갔고, 그렇게 다시 찍고 찾은 사진들이 이 책에 고스란히 담겼다.

　　<한옥·보다·읽다>가 한옥을 잘 모르는 이들에게 도움이 되었으면 한다. '한옥이 다 거기서 거기겠지'라고 생각하는 이들이 '전국 곳곳에 그 집안만의 전통과 개성을 담은 멋진 한옥들이 있구나!'라고 느낄 수 있는 그런 책이 되면 좋겠다.

2021. 5월 안동에서
이동춘

들어가며

한옥은 우리 조상들이 이 땅에 짓고 살던 살림집이다. 한옥을 외형적인 아름다움과 건축술의 발전 측면만 다루고, 그 배치와 물리적 장치에 함축된 사회문화사적 측면을 간과한다면 그 이면까지 제대로 보고 읽어내기 어렵다.

현재 남아 있는 한옥들은 고려 말부터 조선 전기에 건축된 것들도 있긴 하나 대부분 조선 중기 이후의 사회문화사적인 측면이 반영된 한옥들이다. 이들을 둘러볼 때, 사대부가와 일반 살림집에 대한 가대家垈·가사家舍규제는 어떠했는지, 가계계승, 혼인풍습과 가족제도, 남녀장유男女長幼의 역할구분, 가부장의 의지에 따라서 무엇이 어떻게 적용되었는지를 알아야 한옥을 제대로 보고 읽을 수 있다.

같은 시대라 할지라도, 한옥의 채나눔은 낙동강 동안東岸과 서안西岸의 교통로 주변과 그 이외 지역이 달랐고, 가부장家父長의 가치관과 집을 지으며 구현하고자 했던 심미관에 따라서도 집의 디테일은 달라졌다.

시대적 제도의 틀 안에서 유교 질서를 유지하면서 가족의 편의와 실용을 집의 건축에 적용한 다양한 장치들을 찾아보게 되면 조상들이 살던 살림집, 한옥에 대한 이해의 폭을 넓힐 수 있을 것이다.

고려시대는 불교가 융성했고, 귀족사회였으며 일부다처제였다. 그러나 조선은 초기부터 불교를 배척하고, 신유학을 경세제민經世濟民의 원칙으로 삼았다. 과거제도를 통해 인재를 등용하는 관료사회로 바꾸고자 하였으며, 남계男系 중심의 가부장적 일부일처제 사회로 전환하고자 하였다.

남계중심사회로 만들기 위한 첫 단계로 여자가 시집가서 영구히 사는 친영제親迎制로 바꾸고자 왕실에서부터 모범을 보

였다. 그러나 사대부가에서는 고구려부터 전해 오던 서류부가
혼壻留婦家婚을 여전히 자행하여 혼인 후에도 남자가 장가丈家들
어 처가에서 일정 기간 지내다 오거나 아예 눌러앉는 경우도
많았다. 그리하여 조선 중기까지는 자녀균분均分 상속의 기록,
딸을 포함하여 자녀들이 돌아가며 제사를 윤회봉사輪回奉祀한
기록, 풍수적 판단에 의해 집을 옮기거나 사당을 허물기도 하는
등, 유교적 종법제도宗法制度가 조선에 그리 쉽게 정착된 것은
아니었다.

명종대에 이르러 친정에서 혼인을 치르고 해묵이, 달묵이
를 한 후 여자가 영구히 시집을 가는 반친영半親迎으로 혼인제도
가 절충되었고, 남계중심 조상숭배와 장자우대長子優待 불균등
상속을 기반으로 하는 가부장 제도가 확고한 유교사회가 확립
되어 갔다.

조선 전기 유학자 점필재 김종직金宗直, 1431-1492은 도학道學
에 기반을 둔 영남 사림파의 종주로 여겨지는 인물이다. 조선 중
기에 영남에 최초로 소수서원紹修書院이 설립되었고, 그 이후 수
많은 서원들을 중심으로 신유학에 근거한 성리학적 세계관과
사회체계, 주자가례에 따른 가문 운영의 가치관이 공론화되어
유교적 경지로 사회전반에 까지 숭앙되었다.

조선 중기 이후 유교윤리의 실천적 도덕인 오륜五倫; 君臣有
義, 父子有親, 夫婦有別, 長幼有序, 朋友有信 중에서도 남녀유별과 장유
유서의 규율이 한옥의 채나눔과 평면구성, 장치에 가장 세심하
게 적용되었다. 가문의 번창을 위해 사당이 종가와 조상숭배의
상징이 되고 4대봉사가 권장되었다. 또한, 가부장과 장자에게는
부부모扶父母 봉제사奉祭祀 접빈객接賓客이 가장 중요한 덕목으로
자리 잡게 되었다.

혼인과 상속은 가문과 가족의 질서를 유지하는 데 있어서 중요한 제도이므로 남계중심 가부장사회를 유지하기 위해서는 적처에게서 적장자를 얻는 일과 시집媤家에 가서 뼈를 묻는 종속적인 여자로의 교육이 중요하였다. 여자가 시집가서 영구히 사는 반친영의 혼인제도로 절충된 이후, 딸은 친정에서 출가외인이고 시집에 가서 성취지위를 얻어야만 했다. 칠거지악七去之惡이라 하여 시부모에게 순종하지 않거나 나쁜 병, 절도, 음행, 질투, 시기하고 헐뜯거나, 아들을 낳지 못하면 내치되, 성행이 선하면 첩을 얻어 자식, 즉 아들을 기다리라고 하였다. 그러나 조선 중기 이후에는 적장자가 없으면 지손에서 양자를 들여 가문을 이었고, 첩의 자식은 중인신분으로서 벼슬길에도 나갈 수 없었으니 이는 이율배반적인 관행이었다.

조선 제9대 왕인 성종의 모후, 소혜왕후는 <내훈內訓>을 지어 여자들을 계도하였고, 여자는 <내훈>과 <여사서女四書>를 읽어 사덕四德을 갖추도록 하고, 자유로운 사상을 경계하여 <시경詩經>을 읽는 것조차 금하였다. 혼인 후에는 시집의 안채를 벗어나기 힘든 상태에서 층층시하의 시집살이를 해야 했다. 삼종지의三從之義라 하여 어릴 때는 부모를, 혼인해서는 남편을, 남편 사후에는 아들을 좇아야 하는 금치산자와 같은 예속적 지위에 머물고, 백리 밖이면 부모님이 돌아가셔도 갈 수 없었다.

부녀재가가 비교적 자유로웠던 조선 전반기와는 달리 임진왜란(1592)은 무너진 기강을 바로잡기 위해 예학禮學이 서원을 중심으로 더욱 깊이 연구·교육되는 계기가 되었고, 임란 이후에는 열녀의 기준도 좀 더 혹독해졌다. 조선 중기 성리학자 중에서도 서류부가혼으로 장가든 후 처가의 재산으로 가문을 열고 성리학을 발전시킨 유학자들이 적지 않았음은 역사의 아이러니다.

임진왜란 이후 16세기부터 19세기에 이르는 조선 후반기는 유교적 사회체제와 가치관이 3백여 년 동안 안정적으로 지속된 시기이다. 사대부들은 불교와 도학의 영향을 받은 소박하면서도 자연스럽고 절제미가 있는 건축물로 응축된, 유교적인 이상을 실현하기 위해 조상숭배와 남녀유별, 장유유서를 실천할 수 있는 '완성형 한옥'을 구현하였다.

　　'완성형 한옥'은 유교적인 예禮를 구현하는 집이지만 유지하기에는 노동력이 많이 필요한 집이었다. 그러나 조선 중기에 이미 인구의 40%에 이르렀다는 노비와 층층시하 시집살이를 하며 4덕을 실천하는 여자들의 희생과 봉사를 기반으로 유교적 종법제도의 실현이 가능한 이상향의 집을 유지할 수 있었다.

　　조선 중기 이후의 사대부가와 반가를 포함한 상류층 한옥을 '완성형 한옥'으로 규정하고 이들을 보고 읽어내고자 하는 이유는 다음과 같다.

　　첫째, 현재 발견되는 대다수의 상류층 한옥은 조선 후기 사대부가로 이 중에는 종가가 많고, 사당 혹은 불천위不遷位가 있어 대대손손 누세동거를 하며 잘 보존되어 왔다. 사대부가의 외부적 상징인 솟을대문은 초헌軺軒을 타고 다니는 종2품 이상의 벼슬을 한 사대부가 사는 집임을 보여주는 것이다. 그러나 안동지방에서는 정주定住 성리학자들이 크게 벼슬을 선호하지 않았고, 솟을대문이 없는 반가班家도 상당수 발견되므로 이들은 '완성형 한옥'에 포함시킨다.

　　둘째, 조선시대 집의 이상향은 예학이 가장 융성했던 조선 후반기 사대부가의 집이다. 예부터 천석꾼이라야 기와집 한 채를 지을 수 있다는 구전이 내려올 정도로 일반 백성들에게 기와집을 짓는다는 것은 엄두를 내기 어려운 일이었다. 그러나 사대부가를 포함한 반가는 당대 기술을 이용하여 시대적 가치관, 가부장의 가족가치관과 심미관을 모두 담아 표현된 공간이므로 누세동거 해 오며 증축과 개축을 거듭하는 등의 변화가 있었다고는 해도 '완성형 한옥'의 향기는 여전하기 때문이다.

조선 후기에 이르면 국가 주도 이데올로기였던 성리학이 점차 궤를 달리하며 공리공론화 되었다. 실학자들을 중심으로 경세치용經世致用, 이용후생利用厚生, 실사구시實事求是의 실질적이고 현실적인 신학문이 싹트게 된다. 그리하여 중국 연경을 오갔던 실학자들이 당시 청나라와 비교하여 실용적인 측면에서 한옥의 문제점을 지적한 내용도 발견된다. 그러나 한옥의 구조와 재료에 대해서 구체적인 논구가 있었다 하더라도 실질적으로 많은 변화가 일어나지는 않았다.

조선 후기 이중환의 <택리지擇里志>는 실용적인 측면에서 풍수를 이해하였고, 서유구가 쓴 <임원경제지林園經濟志>에는 선조들의 집짓기의 이상과 지혜와 미학이 집약되어 있다. 백과사전류의 책인 이규경李圭景의 <오주연문장전산고五洲衍文長箋散稿>에는 온돌에 관한 내용이 수록되어 있다.

또한 신분제가 점차 와해되어 갔다. 원래 양반이란 유향소와 향교, 서원에 등재되어 선비로서 과거를 보아 벼슬길에 나갈 수 있는 신분을 의미하였다. 그런데 조선 후기에는 과거를 볼 수 있는 신분을 벼 80석에 사기도 했다고 하고, 중인과 부농을 중심으로 사대부가를 모방한 한옥을 짓는 일이 생기기도 했다. 1894년 갑오개혁으로 신분제가 폐지되면서 신분에 따른 가사규제는 사라졌고, 개항기와 일제강점기를 거치면서 한옥의 재료와 외형, 기능 면에서 변화도 일어났다.

따라서 이 책에 인용한 한옥들은 조선 중기 이후 후기를 거

쳐 말기까지의 조선 후반기 한옥들이며, 일제강점기를 거치며
지은 한옥은 제외했다. 조선조의 유교적 이상이 정점을 찍을 때
완성된 한옥이 현대적인 시각에서 볼 때도 이상적인 집이라고
볼 수는 없다. 또한 누세동거를 하며 수세기 동안 증수되어 왔
고, 일제강점기를 거치며 변화되었을 뿐만 아니라 현재도 보수
하면서 많이 달라지고 있다. 하지만 현재 시점에서 원형에 가깝
게 '완성형 한옥'을 읽어내고 우리의 문화유산으로서 짚어볼 가
치가 있음은 분명하다.

　　이 책은 기본적으로 사대부가와 반가를 포함한 상류층 한
옥을 I. 외부공간, II. 내부공간, III. 한옥의 구성, IV. 한옥의 목구
조라는 틀 안에서 보고 읽어내고자 한다. 한옥에 대해 저술한 책
은 많지만 가계계승, 혼례, 가족, 여자들의 일상에 주안점을 두
고 사회문화사적인 측면을 가미하여 읽어낸 책은 거의 없다. 살
림집이란 시대적 배경 속에서 가족들이 살아가는 근거지이므로
답사자로서 궁금할 법한 장면을 중심으로 그동안 눈여겨보지
않았던 것을 눈여겨보고, 그 이면을 읽어내는 데 도움이 되도록
목차를 구성하였다.

　　이 책에서 시대구분은 그 의미를 두 가지 방법으로 사용하
였다. 하나는 전반기와 후반기라는 용어이다. 조선 전반기는 조
선 중기 이전을 의미하고, 조선 후반기는 조선 중기 이후, 특히
임진왜란 이후의 성리학적 예학이 지배하던 시기를 지칭한다.
또 하나는 초기·전기·중기·후기·말기라는 시대구분이다. 조선
초기는 실록에 처음 가사규제가 등장한 세종조 즈음을 일컫고,
조선 전기는 친영제로 전환하고자 함에도 여전히 서류부가혼이
자행되고 여성계도서인 <내훈>이 발간된 성종조 즈음까지를 말
한다. 조선 중기는 가사규제에도 불구하고 실록에 많은 과제過
制의 기록이 등장하는 중종 이후부터 반친영제로 절충된 명종대

까지를 이른다. 조선 후기는 서얼금고庶孼禁錮 제도가 유명무실
해지고 실학자들이 대거 등장하는 영·정조 시대 즈음을 이르며,
조선 말기는 19세기 개항 이후 신분제가 폐지되는 갑오개혁을
거쳐 1910년까지를 이른다.

집을 일컫는 용어도 다양하게 나타난다. 사대부가, 반가,
상류층 한옥, 완성형 한옥, 살림집, 몸채, 정침 등에 대해 약간의
뜻을 달리하며 사용했다. 사대부가는 솟을대문이 있는 집, 반가
는 솟을대문은 없으나 기품 있는 양반집, 이러한 기와집들을 상
류층 한옥이라 지칭하였다. 완성형 한옥은 성리학적 세계관을
가지고 유교적 이상을 부여하여 조상숭배 장자우대 불균등 상
속의 기반이 된 조선 후반기의 상류층 한옥을 의미한다. 살림집
은 사찰, 궁궐, 역원 등의 권위 건축이 아닌 백성이 사는 집이라
는 의미로서 사가私家를 아우르는 의미이다. 몸채는 안채와 정
침, 사랑을 포함한 주主생활공간 건물이라는 뜻이고, 정침은 지
역적으로 안대청만을 이르기도 하나 일반적으로는 제사를 지내
는 주요한 공간으로 안방과 대청이 있는 공간을 말한다.

한편 한옥은 당호부터 종가 혹은 종택, 경우에 따라 집의
대청 등 일부분을 일컬어 부르기도 하며 문화재청의 표기와 해
당 한옥의 표기, 자치단체 등 관리주체의 표기가 상이한 곳이 많
다. 명칭 문제는 가장 기초적인 체계를 정립하는 첫걸음이나 실
상은 그렇지 못하여 한 집이 여러가지 이름으로 불리는 경우가
빈번하다. 한옥의 이름이 통일되지 못하였으므로 이 책에서는
문화재청의 표기를 따랐다. 우리의 문화유산을 보존하고 계승하
는 것은 문화재 명칭을 체계적으로 정리하는 데서 출발하므로,
앞으로 정확한 명칭 체계가 마련되길 기대한다.

이 책의 저술목적은 새로운 연구성과들을 반영한 학술서적

이라기 보다는 한옥을 보고 읽어내도록 돕는 안내서이다. 필자의 책 한국주거사(1992, 대우학술총서 인문사회과학 66)를 주요한 근거로 서술하였고, 위 책에서 인용했던 것일지라도 체화된 내용은 가독성을 위해 원전을 일일이 밝히지 않았다.

되돌아 보면, 대학시절에 현지조사에 참여하여 씨족마을의 종가와 사대부가를 처음 접하였다. 교수시절 학생들과 씨족마을을 대상으로 10여년간 가정생활실태조사를 다니면서 종가와 사대부가에 대한 자료가 쌓여갔다. 이 자료들이 박사논문의 밑거름이 되었고, <한국주거사> 집필로 이어졌고, 이 책의 저술을 위한 자양분이 되었다. 결국 50여년간의 한옥 경험이 오늘의 결실이 되었다고 볼 수 있다.

끝으로, 그간의 과정을 함께 하고 지켜봐 준 가족들과 그동안 관련되었던 모든 분들께 감사드리며, 이 책이 한옥을 읽어내는 데 있어서 조금이라도 기여하는 발자욱이기를 소망한다.

필자 홍형옥

I. 외부공간

II. 내부공간

III. 한옥의 구성

IV. 한옥의 목구조

I. 외부공간

→ 터 잡기
→ 문
→ 채
→ 부속공간
→ 마당
→ 채나눔과 담장

터 잡기

안동 하회마을. 연화부수蓮花浮水형의 풍수상 길지이다.

↑↑
안동 임청각. 안채가 북쪽에 위치한
남향집이다.

↑
안동 하회 충효당. 안채가 동쪽에 위치한
서향집이다.

1. 집터

1 입향조
마을에 처음 들어와 터를
잡은 조상을 일컫는다.
씨족마을에서는 종가가
대부분 입향조이다. 입향조는
풍수적 길지를 찾아 처음 터를
잡으므로 종가에는 터를 잡는
데 얽힌 풍수적 이야기가 전해
온다.

2 도참사상
현재의 행위가 자손의 번영과
길흉화복에 영향을 미친다고
믿는 것을 말한다. 풍수적으로
좋은 곳을 찾아 양택과 음택을
취하는 것은 이러한 도참사상이
영향을 미친 것이다.

3 종가
족보로 보아 한 문중에서
장남으로 이어 온 큰집을
말한다. 종가는 선조의 사당을
가지고 있고, 봉제사의 임무를
감당해야 하므로 15세기
이후에는 종가의 적처嫡妻
에서 아들이 없으면 형제나
지손의 맏아들을 입양하여 대를
이었다.

4 양기, 양택
묘지풍수가 음택이라면
살림집의 터를 보는 것은 양기,
즉 사람이 살 수 있는 밝은
터를 보는 것을 양택이라 한다.
양택에서는 집터와 집 모양을
우선으로 본다.

5 사신수
음양오행설에 근거한 4방위를
지키는 신을 4가지 동물로
표현한 것으로 좌청룡左靑龍,
우백호右白虎, 전주작前朱雀,
후현무後玄武이다.

6 형국론
지세를 전반적으로 개관하여
사람, 동물의 형상을 따서 형
形으로부터 물物의 기운을
알아볼 수 있다는 관점이다.

우리나라는 사계절이 분명하고 산과 개천이 많은 지형이라 풍수상 좋은 땅,
길지吉地를 찾기가 쉬운 편이다. 맨 처음 가문의 터를 잡아야 했던 입향조[1]
는 대대손손 후손들이 번창하기를 바라는 마음으로 도참사상[2]에 따라
풍수적 길지를 찾아내 그 터에 가문의 종가[3]를 지었다.

풍수적으로 명당이란 집을 짓는 터의 양기陽基를 보는 것으로 양택[4]陽
宅이라 한다. 예로부터 좋은 터는 사신수四神獸[5]로 나타내는데, 뒤쪽이 높아
겨울의 북서풍을 막고, 앞쪽은 트여 시야가 넓으며, 왼쪽에는 물이 흘러
농사에 필요한 물을 대기 좋고, 오른쪽에는 밖으로 통하는 길이 있어서
사람과 물자가 수월하게 드나들 수 있는 곳이 바로 명당이다.

실학자 이중환은 <택리지擇里志(1751)>에서 풍수적 양택의 요건을 '길지란
물이 있어 농사를 짓기에 좋고地理, 길이 있어 물자가 자유로이 드나들어
윤택하고生利, 뛰어난 인물이 있는 인심이 좋은 곳人心, 가까이 소풍갈 만한
경치가 있어山水 살기 좋은 곳이 명당'이라고 실용적으로 해석하였다.

좋은 땅을 골랐으면 다음 단계는 터를 잡는 것이다. 터를 잡는 방법에는 여러
가지가 있지만 개별주택에서는 사물의 형태에 빗대어 보는 풍수인 형국론[6]
과 집을 앉히는 방향에 대한 풍수인 좌향론[7]을 주로 본다.

형국론에서 좋은 풍수를 뜻하는 명형국지名形局地[8]는 동식물·인물·
문자형으로 다양하게 나타난다. 경주 양동마을의 사대부가는 물勿자형의
지세에 따라 골짜기가 아닌 언덕 위에 집을 지었고, 경주 양동 향단의 안채는
일日자 모양으로 집을 지었다. 일상생활의 불편함을 감수하고 풍수를
얼마나 중시했는지 알 수 있는 사례이다.

좌향론은 자연의 빛과 볕, 바람길, 시야를 중요하게 여기는 풍수에 기반하고
있다. 좋은 집의 3요소인 대문·안방·부엌을 적절한 위치에 두고자 하는
것이다. 현재까지 발견된 상류층 한옥은 3요소 중에서도 대부분 안채와
대문의 위치로 좌향을 판단하였음을 알 수 있는데 대체로 남향집을
선호하였다.

↑
산청 예담마을. 큰길에서 골목에 들어서야
고샅의 저편에 대문이 보인다.

7 좌향론
좌향은 등진 방위에서 정면으로
바라보이는 방향을 말한다. 즉
방위를 이르는 것으로서 일조·
일사효과·지역의 계절풍·시계
視界·구심적 방향 등의 상대적
관점이며, 풍수의 본질에 가장
접근한 것이 좌향론이다.

8 명형국지
풍수의 원리에 잘 맞는
명형국지는 동물형·식물형·
물질형·인물형·문자형이다.
하회마을의 연화부수蓮花
浮水형, 구례 운조루 고택의
금환락지金環落地형, 봉화
닭실마을의 금계포란金鷄抱卵
형 등의 예가 있다.

남향집은 대문이 남동·남·남서쪽에 있고 안채는 북쪽에 있다. 안동 하회 양진당과 구례 운조루 고택, 안동 임청각이 이에 속한다. 서향집은 대문이 남서·서쪽에 있고 안채는 동쪽에 있다. 안동 하회 충효당이 이에 속한다.

남동향집은 대문이 남동·남서쪽에 있고 안채는 서북쪽에 있다. 정읍 김명관 고택이 이에 속한다. 남서향집은 대문이 남·서쪽에 있고 안채가 동북쪽에 있다. 강릉 선교장, 경주 양동마을 송첨종택이 이에 속한다.

2. 고샅

고샅이란 대문에 이르는 좁은 길목을 말한다. 한옥들이 즐비한 곳에 가보면, 번듯한 길에서 구불구불한 골목길에 들어서야 대문에 이르는 예가 많다. 상류층 한옥의 대문이 지나가는 사람들의 눈을 피하는 듯이 고즈넉한 골목길로 접어들어서야 마주치게 되는 이유는 무엇일까? 대문이란 출입을 위한 장치이므로 큰길에서 드나들기 좋은 위치에 두는 것이 기능적인데 왜 굳이 고샅으로 접어들어야 대문을 만나는 예가 많은 것일까?

지금까지 남아 있는 고택들을 보면 집의 양쪽 큰길에 걸쳐 집을 배치할 수 있음에도 구태여 골목길을 만들어 중간에 솟을대문을 두기도 하고(함양 일두고택), 집 앞의 연못에 큰 나무를 심어서 멀리서 집의 정경과 대문이 보이지 않도록 하여 고샅의 기능을 더하거나(정읍 김명관 고택), 큰길에서 ㄷ자로 일부러 굽어드는 고샅을 만들어 대문을 달기도 하였다(청도 운강고택).

<임원경제지>에는 '문을 향하여 곧장 뻗은 길은 충파衝破라고 부른다. 길이란 반드시 구불구불 돌고 굽어져야 한다 …… 곧바로 뻗어 들어오는 것은 절대적으로 피한다'고 적혀 있다. 고샅은 시선을 한가롭게 하려는 의도와 들어온 복이 쉽게 빠져나가지 못하게 하려는 의도를 담은 장치라서 고샅으로 접어들어야 비로소 대문을 만날 수 있게 했다는 설이 있다.

문

안동 번남고택. 솟을대문에서 보면 왼쪽에 사랑채로 들어가는 사랑중문과 오른쪽에 안채로 들어가는 안중문이 보인다.

← 거창 동계종택. 솟을대문 위쪽에 붉은 정려기가 걸려 있어 이 집의 품격을 알려준다.

← 거창 동계종택. 솟을대문이 설치된 대문채를 안쪽의 마당에서 바라본 모습이다.

↑ 창덕궁 연경당. 솟을대문인 장락문을 들어서면 오른쪽에는 사랑으로 통하는 솟을중문인 장양문, 왼쪽에는 평대문 안중문인 수인문이 보인다.

1. 대문, 솟을대문

1 사대부가
9품계마다 정正과 종從으로
나뉜 조선의 관료체계에서 종
4품 이상을 대부大夫라 하며
사대부란 사士와 대부大夫
를 아울러 이르는 말이다.
사대부가란 그에 준하는 벼슬
한 사람의 집임을 의미한다.

2 초헌
종2품 이상이 타고 다니던
외바퀴가 달려 있는 가마이다.
하방, 즉 문지방이 있는
경우에는 가운데에 홈을 파서
초헌이 드나들기 쉽게 하였다.

3 솔거노비
조선 세종(재위: 1418-1450)
때 부모 한쪽이 노비이면
자식은 모두 노비가 되도록
하는 일천즉천一賤則賤
제도가 만들어진 이후 노비의
수는 점차 늘어나 조선 중기에
이르면 노비는 전체 인구의
40%에 이르렀다고 한다.
노비는 집안에 살면서 집안일을
하는 솔거노비와 집 밖에
살면서 농사일을 하거나 몸값을
바치는 외거노비로 구분된다.

4 쇠장석
한옥에서는 나무와 돌, 흙이
주로 쓰이고 쇠는 많이
사용되지 않는다. 대문에
쓰이는 쇠장석은 판재고정을
위해 띠 모양의 띠쇠,
못대가리를 감추는 장식 철물인
방환芳環, 네모 혹은 둥근
쇠고리인 원환圓環, 국화꽃
모양의 국화쇠 등이 쓰였다.

우리 조상들은 문의 상징성을 중요하게 여겨왔다. 봄이면 대문에 봄맞이 입춘첩을 붙이는데, 입춘첩에 '開門萬福來'라고 써 붙였던 것을 보면 전통사회에서 문을 열어두는 것을 길하게 여겼음을 알 수 있다. 동지에는 문에 팥죽을 뿌려 귀신을 막는 풍습도 있었다.

고샅에 접어들어 집에 이르면 처음 대면하게 되는 것이 대문이므로 대문은 가문의 권위를 상징적으로 보여주는 좋은 장치이다.

사대부가[1]의 대문은 특별히 가운데가 양측보다 높게 솟아 있는 솟을대문이다. 솟을대문을 만든 이유는 외바퀴 가마인 초헌軺軒[2]이 드나들기 편하게 가운데 지붕을 높여 만들었다고 알려져 있으나 높직한 계단 위에 설치(예산 추사고택)하여 그 기원이 무색한 예도 있다. 아마도 문의 상징성을 중히 여겨 가문의 권위에 맞는 위용을 갖추려 그렇게 만들었으리라. 가문에서 배출한 충신과 열녀를 기리는 붉은 정려기旌閭記를 대문 위에 설치하여 뭇 사람들이 볼 수 있게 하는 것도 문의 상징성을 보여주는 것이다.

그러나 반가에서 솟을대문이 아닌 평대문을 설치한 집도 많다. 예를 들어 안동은 '좌안동左安東 우함양右咸陽'이라는 말이 있을 정도로 성리학의 본산이고 서원과 향교가 유난히 많은 지역이다. 안동지역 반가에 평대문이 많은 이유는 사림士林들은 처음부터 솟을대문이 있는 고대광실을 짓지 못하고 살림이 점차 나아지면서 거듭 증축을 한 사례가 많고, 벼슬보다는 선비로서 학문정진과 후학양성을 중시하였기 때문이라고 한다.

사대부가의 솟을대문은 여러 형태가 있다. 좌우에 줄행랑을 둔 예, 좌우측 지붕아래 행랑방을 들여 솔거노비[3]가족이 사용하도록 대문채를 구성한 예, 대문 양쪽에도 문을 만들어 세 개의 문이 있는 솟을삼문을 구성한 예가 있다.

↑
해남 녹우당. 왼쪽에 솟을대문이 있지만,
여자들은 사진의 아래쪽에 있는 협문으로
들어가 오른쪽 중문을 통해 뒷마당으로
들어간 후 다시 부엌문을 통과해야 안마당에
이르는 동선을 이용하였다.

사대부에게는 손님을 맞는 접빈객接賓客이 중요한 덕목이었다. 지나가는 과객이 묵어가기를 청하기 위해 솟을대문에서 '이리 오너라'하고 외치면 과객의 신분에 따라 사랑채 혹은 행랑채에서 묵어갈 수 있었다.

대문은 두툼한 판재를 쇠장석[4]으로 고정하여 튼튼하게 만든다. 빗장을 거는 둔테는 화재를 막고 무병장수를 기원하며 밖에서 들어오는 나쁜 기운을 막기 위해 거북이 모양으로 조각하기도 하였다. 대문으로 나쁜 기氣가 들어오는 것을 막기 위해 대문의 상방上枋에 호랑이 뼈나 가시나무를 걸었다. 아기가 출생하면 나쁜 기운을 막고 외부인의 출입을 제한하기 위해 한시적으로 금줄을 걸었다.

<주자가례朱子家禮>에 근거하여 성리학적 예학이 가문을 다스리는 윤리로 정착되고 가부장제가 확립된 조선 후반기에 이르면, 여자들은 남녀유별의 유교윤리에 따라 솟을대문을 통해 버젓이 집안으로 드나들기 어려웠다. 예를 들어 구례 운조루 고택은 바깥 줄행랑 한 칸에 여자들이 드나드는 문이 따로 있어서 이곳으로 들어가 안행랑채에 있는 중문을 통과해야 안마당에 들어갈 수 있었다. 해남 녹우당의 경우, 여자들은 협문으로 들어가 뒷마당으로 통하는 중문을 통과하여 다시 부엌문으로 들어가야 안마당에 이를 수 있었다. 이런 사례들을 통해 당시 여자들의 출입동선이 남자들과는 분리되어 있었음을 알 수 있다.

←
보성 이진래 고택. 간소화된
거북 모양의 둔테이다.

← 안동 광산김씨 탁청정공파
종택. 대문에 가시가 있는
엄나무 가지를 걸어 놓았다.

← 장흥 오헌고택. 거북 모양의
둔테를 만들어 가족의
무병장수를 기원하였다.
거북이는 물과 땅을
오가므로 화재를 막아준다고
믿었다.

↑
안동 광산김씨 탁청정공파 종택. 가시가 있는
엄나무 가지가 대문 위에 보인다.

↑
안동 수졸당및재사. 대문에 걸린 금줄인데
고추가 끼워져 있는 것으로 보아 아들이
출생하였음을 알 수 있다.

　　　　　외부공간 → 문 → 대문, 솟을대문

↑↑
함양 일두고택. 솟을대문 위에 효자 충신을
기리는 5개의 정려기가 붙어 있다.

↑
예산 추사고택. 정조가 내린 열녀 화순옹주를
기리는 홍문이다.

2. 정려문

1 서류부가혼
고구려 시대의 혼인 풍습으로
남귀여가혼男歸女家婚
이라고도 한다. 사위가 장인의
집에 찾아가 혼인할 것을 청하여
장인이 허락을 하면 작은 집
婿屋을 짓고 살다가 자녀가
장성하면 자기 집으로 돌아가는
혼인 방식이다. 그리하여
장가든다는 말이 생겨난 것이다.
조선에 이르러 여자가 시집을
가서 영구히 사는 친영親迎
제를 정착시키고자 하였으나
잘 안되다가 명종조에 이르러
남자가 처가에서 혼례를 치르고,
해묵이, 달묵이 후 여자가 시집
媤家 가서 영구히 사는 반친영
半親迎으로 절충되면서
시집간다는 말이 정착되었다.

2 윤회봉사
조선 전기에는 아들 딸 구별
없이 자녀들이 돌아가며
제사를 지냈다. 그러나 유교적
종법제도가 확고해진 조선 중기
이후에는 딸은 출가외인出嫁
外人이 되고, 장자가 봉사조
奉祀條를 더 상속받고 제사를
물려받게 되어 장자우대 불균등
상속이 정착되게 된다. 15세기
이후에는 적처에게 아들이
없으면 첩에게 아들이 있어도
가까운 혈족에서 양자를 들여
가문을 계승하였다.

3 <내훈>
성종(재위: 1469-1494)의
모후인 소혜왕후가 성종 6년
(1475)에 부녀자의 훈육을 위해
언문으로 지은 책이다.

4 종법제도
종법이란 종자宗子의 법을
의미하며, 종宗이란 제사를
공동으로 하는 신분의 사람을
의미한다. 여기에는 대종大宗
과 소종小宗의 구별이 있다.

가문의 충신, 효자, 효부, 열녀를 기리기 위해 솟을대문 위에 정려기를 걸어둔 것을 정려문이라 한다. 때로는 홍문(추사고택), 또는 정려각 (전주유씨무실종택)을 세워 기리기도 한다.

충신, 효자, 효부를 기리는 정려기는 어느 시기에나 그 내용이 비슷했지만 열녀를 기리는 것은 시기에 따라 그 내용이 달랐다. 조선 초에는 부녀자의 재혼이 흔해서 수절하는 여자를 열녀라 하였다. 조선 전기까지만 해도 서류부가혼婿留婦家婚[1]의 관습이 남아 있어서 사대부가에서는 아들·딸 구별 없이 제사를 윤회봉사輪回奉祀[2]하였고, 사위에게 제사와 재산을 물려주어 가계계승을 하는 경우가 많았다.

국가에서는 유교적 여성관 확립을 위해 <언문삼강행실열녀도諺文三綱行實烈女圖>, <여계女戒>, <내훈>[3]등의 언문책을 보급하여 교육함으로써 삼종지의三從之義, 불경이부不敬二夫, 여필종부女必從夫의 가치관을 심으려 했다. <신증동국여지승람新增東國輿地勝覽(1530)>에는 '열녀조烈女條'를 수록하여 열녀들의 행적을 널리 알렸고, 정려문이나 정려각을 세워 후세의 규범으로 삼았다.

조선 중기 이후에는 남계중심 가부장제도가 확립되고, 장자우대 불균등 상속의 종법제도[4]가 확고히 정착되면서 열녀의 개념은 변화되었다. 특히 임진왜란과 병자호란 이후에는 기강 확립을 위해 남편을 따라 죽거나 정절을 지키기 위해 죽은 여자, 남편을 구하기 위해 죽은 여자를 주로 열녀로 포상하였다.

예산 추사고택에는 추사 김정희의 종조모 화순옹주의 열녀문인 홍문이 세워져 있다. 남편이 떠나자 14일을 굶어 남편의 뒤를 따랐는데 왕실에서 나온 유일한 열녀로 정조(재위: 1776-1800)가 홍문을 내렸다고 한다.

↑
창덕궁 연경당. 장양문에 들어선
후 사랑마당에서 일각문 너머로
보이는 것이 안마당이다.

←
창덕궁 연경당. 솟을대문을
들어서면 행랑마당에서 보이는
솟을중문인 장양문이다.

3. 사랑중문

중문은 규모가 큰 상류층 한옥에서 채와 채 사이를 오갈 수 있도록 만든 문을 말한다. 여러 채로 구성된 반가의 사랑채·안채·별당채·사당채 사이는 모두 중문으로 연결된다. 대문이 아니므로 협문이라고 부르기도 한다. 규모가 큰 사대부가라 해도 솟을대문을 열면 곧바로 사랑마당으로 들어가고 사랑중문이 따로 없는 경우도 많다.

창덕궁 후원 안에 있는 연경당(순조 때, 1827-1828 건축)은 조선 후기의 상류층 가옥을 모방하여 지은 건물로 솟을대문을 들어서서 보면 사랑중문과 안중문이 따로 있다. 행랑채에는 청지기나 솔거노비가 거처하는 방·마구간·곳간·외측 등이 있다. 사랑중문을 들어서야 비로소 집안에서 가장 권위가 있는 사랑채가 보인다. 중문은 대개 두 개의 기둥 사이에 규모가 작게 만드는 일각문이지만 연경당의 사랑중문인 장양문은 초헌이 드나들 수 있도록 솟을중문으로 만들어져 있다.

정읍 김명관 고택은 솟을대문으로 들어가면 ㅁ자 대문채가 있고, 오른쪽으로 다시 꺾어 사랑중문을 거쳐야 사랑마당으로 들어가게 되어 있다. 안사랑채와 안채로 가는 안중문은 왼쪽에 따로 있다. 대문채에는 청지기가 기거하면서 시각적, 물리적으로 한 번 더 집안을 보호하기 위한 장치를 만든 것이다. 조선 말기에 도적이 많아 외거노비가 사는 호지집을 집 주변에 여러 채 배치했다고 하니, 방어의 목적으로 솟을대문을 들어서도 한 번 더 사랑중문을 거쳐서 사랑채로 진입할 수 있도록 한 것이다.

사랑채 일곽인 제청·사랑별채·정자는 별개의 마당으로 구분되어 있으면 그 사이에도 중문을 두어 왕래했다. 사랑채에 속하는 공간들 사이의 중문들은 대개 일각문으로 소박하게 만들었다.

↑
창덕궁 연경당. 행랑마당에서 안채로 통하는
중문인 평대문 형태의 수인문에 서서 보이는
안채와 안마당이다.

4. 안중문

한옥의 채나눔은 조선 전기보다 중기를 거치면서 유교 윤리적 가족경영을 위해 중요한 장치로 작용하였다. <예기禮記>의 가르침대로 '남자는 바깥쪽에 머물고 여자는 안쪽에 머물러 안팎을 구분한다男子居外 女子居內 辨內外'는 내외사상 원칙을 일상생활에서 실천하기 위해 채를 나누고 담장을 둘러 구분한 것이다. 채와 채 사이를 드나들기 위해 만든 중문 중에서도 연경당의 안중문인 수인문은 솟을대문을 들어가서 왼쪽에 있는데, 안행랑채 지붕 높이와 같은 평대문이다.

함양 일두고택은 외부인들이 드나드는 사랑마당에서 중문을 통과하여 들어가서 다시 90도로 꺾인 안중문을 들어가야 안마당에 이른다. 이 동선은 남자들 용이고, 여자들은 안사랑채 옆에 있는 협문을 통과하여 광채를 지나 안마당에 이르는 동선을 사용하였다.

안동 하회 충효당에서는 솟을대문과 직각으로 놓인 일각문을 지나 안행랑채에 난 안중문을 통과해야 안마당에 이를 수 있는데 이는 남자들의 동선이고 여자들의 출입 동선은 뒷마당 쪽으로 따로 있다.

조선 중기 이전의 풍습이 반영된 한옥으로는 신사임당이 결혼 후 친정에서 율곡을 낳고 장성할 때까지 살았던 강릉 오죽헌이 있다. 당시는 서류부가혼의 풍습이 남아있어 사위가 처가의 재산을 물려받고, 자녀들이 돌아가며 제사를 지내는 윤회봉사를 하던 시기였다. 강릉 오죽헌은 사랑채와 안채가 트여 담이 따로 없고, 사랑채에서 안채 쪽으로 난 방문을 열면 바로 안채가 내다보이는 개방적 구조를 하고 있다.

↑↑
안동 하회 충효당. 솟을대문으로 들어가서
만나는 사랑마당이다. 안채로 통하는 중문이
보인다. 이 문을 통과해도 안행랑채에 있는
안중문을 들어가야 안마당에 이른다.

↑
안동 하회 충효당. 안마당에서 사랑채
뒷마당으로 통하는 문이 상방의 다락 아래에
달려 있다. 사랑채 뒤쪽으로 나가 사당에
이르는 서비스 동선이다.

←
창덕궁 연경당.
행랑마당에서 안채로 통하는
중문인 평대문 형태의
수인문이 보인다.

외부공간 → 문 → 안중문

↑
강릉 선교장. 솟을대문으로
들어가 사랑마당에 이르면
오른쪽으로 서별당과
안채로 들어가는 두 개의
중문이 연이어 보인다. 중문
문지방은 아래를 둥글게
월방月枋으로 만들어
드나들기 쉽게 하였다.

→
함양 일두고택. 안중문의
문지방은 굽은 자연목으로
월방의 모양을 구현하였다.
오른쪽 사진은 봉화
충재종택. 대문의 상인방을
둥글게 만들고 문지방도
둥글게 월방으로 만들었다.

5. 문지방

문지방은 문설주를 구성하는 두 개의 기둥과 이를 지탱하기 위한 상인방(혹은 상방)과 하인방 중에 특히 하인방(혹은 하방)에 해당된다. 대문이나 솟을대문은 좌우에 건물이 있고 문이 돌쩌귀에 얹혀 구조적으로 안정되어 있어서 상인방만 있고 문지방이 없는 경우가 많다. 그러나 두 개의 문설주 사이에 상인방과 함께 하인방이 있어야 구조적으로 더 안정감이 있기 때문에 하방이 문지방이 된 문들도 많다.

강릉 선교장은 솟을대문을 들어서면 오른쪽으로 서별당과 안채로 향하는 중문이 연이어 있다. 다니기 편하도록 문지방의 가운데를 다듬어 월방月枋의 형태로 만들었다. 함양 일두고택 안중문의 문지방은 심하게 굽은 나무로 월방 형태를 구현하여 자연미를 더하고 있다.

문설주의 하방을 지탱하는 가로대인 문지방의 높이를 문턱이라고 하는데 한국인에게 익숙한 정서적인 의미가 있다. '문지방이 닳도록 드나든다'고 함은 집안으로 들어가려면 넘어야 하는 문지방을 자주 넘나든다는 표현인데, 걱정이 되거나 불안하거나 궁금하거나 하여 문지방이 실제로 있건 없건 너무나 자주 드나든다는 의미로 사용한다.

문지방은 방문에도 있다. 장지문을 여닫기 위한 골이 파여 있고, 여닫이문을 닫았을 때 아랫부분을 막아주는 기능도 있다. 문턱은 낮을수록 좋고, 방과 대청 사이의 들어걸개 분합문이 있는 경우에도 문턱을 아주 낮게 설치한다. 따라서 '문턱이 높다'고 하면 드나들기 불편하고 어려우므로 진입장벽이 높다는 뜻으로 사용한다.

채

→ 1. 안채
→ 2. 사랑채
→ 3. 책방채
→ 4. 안사랑채
→ 5. 별당채
→ 6. 사당채
→ 7. 행랑채, 대문채

안동 흥해배씨 임연재종택. 행랑채·사랑채·안채·사당채의 채나눔이 분명하다.

↑
안동 하회 양진당. 안채 시렁
위에 많은 상床들이 가지런해
안살림의 규모를 느끼게 한다.

1. 안채

1 정침

길례吉禮를 거행하는 곳이라는
의미도 있고, 안채를 의미하기도
하지만 일반적으로는 일상의
거처공간이면서 의례를 지내는
공간을 의미한다. 안동지역은
안채 대청을 정침이라고 부른다.
조선 초기 세종 22년(1440)
에는 정침, 익랑이라는 용어가
등장했고, 세종 31년(1449)
에는 정침·익랑·서청西廳·
내루內樓·내고內庫·행랑行
廊이라는 용어가 가사규제에
나온다. 성종 9년(1478)에
이르면 정방正房·익랑·서청·
침루寢樓라는 용어가 등장하니
이때부터 안과 밖으로 분리된
공간이 강조되고 있음을 알 수
있다.

2 종부와 장자부

조선 중기 이후 남계중심의
가부장제가 확립되면서
가부장의 지위가 견고하고
권위가 있듯이 그 안사람인
종부도 적처嫡妻로서 그
지위가 견고하였다. 벼슬한
가부장은 임지에 부임하여
소실을 두기도 했으나 종부는
본가에 남아 시어른을 모시고
제사와 집안을 관장하며 자녀를
양육하느라 임지에 따라갈 수
없었다.

장자부는 큰며느리로서 종부를
도와 집안 대소사를 지원하며
대를 이어 종부가 될 위치이다.
시집간 후 부모가 돌아가도
백리 밖이면 가지 못하는
등 시댁을 벗어날 수 없을
만큼 혹독했던 남계 위주의
가부장제도 하에서 종부와
장자부의 삶은 책임과 의무가
많은 힘든 자리였다.

3 성주신

성주신은 집을 지키는 신이다.
지방에 따라 모시는 방법이나
장소가 각각 다른데 대개
여자들이 주관하여 모신다.

채나눔으로 분리된 각각의 채는 독립된 건물이다. 여기에 마당이 있고
담이 둘러졌으며 출입을 위한 문이 있다.

안채는 여자들이 지내는 곳으로 집안 대소사를 지원하는 공간이다. 조선
초기만 해도 정침正寢[1], 익랑翼廊이 연이어 붙어 몸채를 구성하였다. 조선
중기 이후 가부장제도가 확립되면서 남자들이 지내는 사랑채와 여자들이
지내는 안채가 분리되었고, 안채는 안중문을 통과해야 이르는 내밀한
공간이 되었다.

안채는 종부와 장자부長子婦[2]의 거처로서 가족의 의식주 일상생활과
세시풍속, 관혼상제 행사를 지원하는 공간이다. 자녀를 낳아 키우고
성주신[3]을 모시는 공간이기도 하다. '남녀가 일곱 살이 되면 한 자리에
앉지도 않고 함께 먹지도 않는다男女七歲 不同席 不同食'는 유교적 규범
하에 아이들은 안채의 건넌방에서 태어나 모친의 방에서 기거하다가
형제가 두세 명이 되면 조모의 방으로 건너가고, 대략 7세쯤
여자아이들은 내별당으로, 사내아이들은 초당이나 사랑채로 가서 지냈다.

안채의 주요 공간은 시어머니가 쓰는 안방, 며느리가 쓰는 건넌방,
안어른이 쓰는 상방 그리고 마루로 된 안대청이 있다. 그 외에 부엌과
장독대가 있는 뒷마당, 그리고 안행랑채에 있는 고방과 곳간들이다.

조선 중기부터는 '암탉이 울면 집안이 망한다'고 여성들의 활개를
잠재우려 하였고, <내훈>과 <여사서>를 가르치되 <시경>을 읽지 못하게
하여 여자들의 자유로운 정서 발달을 경계하였다. 안채에 들어가기
위해서는 안중문을 통과하여도 내외벽을 돌아서 들어가게 만들어 밖에서
안마당이 보이지 않게 하였다. 이는 안채를 밖의 시선으로부터
보호하려는 의도도 있었겠지만 여자들의 활동영역을 안채로 제한하려는
장치였다.

곳간은 안행랑채에 있거나 별개의 광채로도 만들었는데, 이 곳간의
열쇠를 며느리에게 넘겨주면 살림을 물려주는 것을 상징하는 것이다.
가계계승은 곳간 열쇠뿐 아니라 안방을 물려주는 것이므로 지역과 가문의
가계계승 방법은 집의 공간구성이 달라지는 중요한 이유가 된다.

가부장제도가 정착된 이후에는 부자간에도 겸상을 하지 않았다.
남녀장유의 위계에 따라 각인각상各人各床을 받기 때문에 많은 상들이
필요했는데 안동 하회 양진당 안채 시렁 위에 수많은 상들을 진열해 놓은
모습은 안살림의 규모를 느끼게 한다.

↑
함양 일두고택. 사랑채 전경인데
왼쪽에는 안채로 통하는 일각문이
보인다.

안동 하회 충효당의 종부는 "사랑대청이 아닌 안대청에서 제사를 지내므로 안채의 기단이 사랑채보다 높게 되었다"고 구술하였다. 안대청에서 제사를 지내는 관습은 몸채가 정침과 익랑으로 되어 있고 사랑채가 분리되어 있지 않았던 조선 전기의 유산이고, 사랑채가 분리되면서 차츰 사랑채에서 제사를 지내는 방식으로 바뀌어 갔다.

안동지역의 안채는 ㅁ자 평면이 많다. 안동 하회 충효당의 종부는 "안채가 완전한 ㅁ자로 되어 있어서 종일 처마 밑으로 비를 맞지 않고 다닐 수 있다"고 구술하였다. 네모난 하늘을 보며 집안에 갇혀 지낸다고 생각하지 않고 오히려 긍정적으로 인식하고 있음을 알 수 있다. 안동 하회 충효당에서는 안방 앞 툇마루를 지나 몇 계단 오르면 부엌 상부의 누마루에 오를 수 있는데 이곳은 며느리들이 쉴 수 있는 공간으로 사용했다고 한다. 예禮의 법도에 맞으면서 아랫사람을 배려한 점이 돋보이는 장치이다.

안동 하회 양진당의 사랑채와 안채는 외부에서 보면 서로 독립된 채처럼 보인다. 남녀유별의 관념적 예의 구조를 구현한 것이다. 그러나 사랑채와 안채 공간들은 내부의 연결마루로 서로 통하게 만들어 일상생활의 기능성을 도모하고 있다.

2. 사랑채

사랑채는 사대부가에서 가문의 권위를 가장 잘 보여주는 공간이다. 솟을대문에 들어서면 곧바로 사랑채의 위용이 보이는 경우가 많다. 기단을 높이거나 당호를 사랑채의 정면 위에 부착하여 가문의 위엄이 나타나도록 지었다.

그러나 원래부터 사랑채가 이러했던 것은 아니다. 조선 초기만 해도 익랑[1]이 사랑이었을 것이나 조선 중기를 거치면서 가부장의 권위를 더하여 별개의 채로 채나눔이 되었다. 한자 표기도 조선 초에는 사랑斜廊으로 썼으나 후반기에는 사랑舍廊으로 표기하였다.

함양 일두고택은 솟을대문을 통과하면 곧바로 사랑채가 보인다. 문헌세가文獻世家라는 당호가 붙어 있는 사랑채가 높은 기단 위에 있어 비교적 높은 계단과 디딤돌을 올라야 사랑대청에 오를 수 있다. 가부장이

1 익랑
세종 22년(1440) 기록에 정침, 익랑이라는 용어가 보이고, 세종 31년(1449)에는 유차양사랑有遮陽斜廊이라 하여 아직은 사랑舍廊이라는 용어가 등장하지 않았다. 성종 9년(1478) 기록에 익랑·서청·침루라는 용어가 등장하여 사랑공간이 확대 사용되다가 점차 대문을 들어서면 전면에 보이는 사랑채로 채나눔 되었음을 유추할 수 있다.

↑↑
안동 하회마을 화경당 고택. 안채로 들어가는
안중문 왼쪽에는 작은 사랑, 오른쪽에는
큰사랑이 배치되어 있고 뒤쪽의 안채와
붙어 ㅁ자 평면을 이루고 있다. 오른쪽
문은 안채와 사랑마당에서 사당으로 가는
동선이다.

↑
안동 하회마을 화경당 고택. 별당채인
북촌유거北村幽居가 큰사랑 오른쪽에
따로 있다. 가장 윗대 어른이 거주하는
큰사랑채로서 누마루가 붙어 있고
접객공간으로 사용되었다.

2 침방
조선 초 태종 3년(1403)
5월에 부부별침을 명하여 세조
때에 침방을 설치한 기록이
보이지만 가옥구조에 반영되는
것은 조선 중기 이후인 듯하다.
함양 일두고택 사랑채와 강릉
선교장 사랑채 열화당悅話堂
에 침방이라는 이름의 공간이
있다. 금역당구가도에는 침실로
표기되어 있다.

사랑방에 앉으면 머리를 조아린 하인의 정수리를 바라볼 수 있는
높이이다. 사랑채에는 사랑방과 대청, 작은 사랑방과 누마루가 연이어
있고, 침방寢房²이 있다.

안동 임청각 군자정은 제사를 드리는 제청祭廳이지만 사랑채와 사랑방이
협소했기 때문에 평소에는 사랑채 기능을 했다고 한다. 높직한 기단을
올라가면 원기둥 사이에 회칠한 분벽이 있고 사이사이에는 울거미에
청판을 끼운 골판문이 달려 있다. 군자정은 마당에서 실내가 보이지 않을
정도로 높은 위치에 지어졌고 계자난간이 둘러져 있으며, 옆에는 네모난
연못이 있어 정자와 같은 느낌을 준다.

상류층 한옥에 사랑채가 하나 이상인 경우가 있다. 이럴 때 큰사랑채,
작은사랑채라고도 부르지만, 중사랑채라고도 한다. 구례 운조루 고택은
장자가 거처하는 곳을 책방채라고 하지만 실은 중사랑이고, 청도
운강고택도 사랑채와 별도로 중사랑채를 두고 있다. 안동 하회마을
화경당 고택은 작은사랑과 큰사랑 옆에 별당채가 따로 있어서 큰사랑채의
역할을 하였다.

3. 책방채

1 차양
각도를 조절할 수는 없지만
차양구조가 있는 사랑채가 더
있다. 해남의 녹우당 사랑채의
전면과 강릉 선교장 사랑채
열화당의 전면에도 차양구조가
있다. 세종 31년(1449)의
실록에 보면, 차양이 있는 사랑
有遮陽斜廊의 크기에 대한
규제가 나온다. 서향 빛을
받는 사랑斜廊이 정방에 붙은
익랑이자 서청이었음을 알 수
있는 내용이다.

사대부에게 서책과 붓·먹·종이·벼루의 문방사우文房四友는 중요한
품목이었고, 독서는 가부장의 주요 일상이었으니 하루 중 많은 시간을
사랑채의 사랑방에서 독서나 글쓰기를 했을 것이다. 이는 책방채로
부르는 경우도 있고, 독서당 혹은 서재, 당호로 부르는 경우도 있다.
더러는 산정사랑이나 별당이 책방채의 기능을 하는 경우도 있다. 단지
서책만을 보관했다면 책을 진열하기 위한 서가가 주로 있었을 것이다.

창덕궁 후원에 있는 연경당의 선향재는 서재로서 온돌과 대청이 있고
불발기문이 아름답다. 사랑마당을 구성하는 중요한 건물로서 사랑채에서
볼 때 왼쪽에 있는데 서향이기 때문에 오후에 서쪽에서 들어오는 햇빛을
조절하기 위해 차양이 설치되었다. 이 차양¹은 빛이 들어오는 깊이에 따라
도르래로 각도를 조절할 수 있도록 되어 있다.

↑↑
창덕궁 연경당의 서재인 선향재에는 서향
빛을 조절하기 위해 도르래로 각도를 조절할
수 있는 차양이 설치되어 있다. 차양의 지붕은
구리판으로 되어 있다.

↑
강릉 선교장 사랑채 열화당의 전면에도 차양
구조가 있다.

강릉 선교장에는 서별당이 있다. 평소에는 서고와 공부방으로 사용되었으나, 살림을 물려준 종부의 거처인 안사랑채로도 사용되었다고 한다.

봉화 충재종택에는 충재 권벌이 늘 거처했던 공간인 충재가 있다. 온돌 2칸과 마루 1칸으로 구성되어 있는 소박한 맞배지붕 서재이다. 평소에 <근사록近思錄>을 가까이 하여 '近思齋'라는 현판이 걸려 있다.

충재종택은 선비의 공간인 소박한 서재와 손님을 맞이하는 정자 공간이 대비를 이루고 있다. 충재가 온돌 중심의 내향적인 서재로 낮은 곳에 있다면 청암정은 마루 중심의 외향적인 정자로 높은 곳에 있으며, 충재가 맞배지붕의 단아함으로 깊이 은둔한 형상이라면 청암정은 팔작지붕의 화려함으로 선계로 비상하는 형상이고, 충재가 주인이 학문을 연구하고 자신을 수양하는 서재였다면 청암정은 손님을 맞이하는 누정이었다.

↑
봉화 충재종택. 충재沖齋는 서재공간으로
맞배지붕 3칸 집으로 단아하고 검박하다.
손님을 맞이하는 화려한 청암정과 짝을 이뤄
연결된 소박한 건축물이다.

↑↑
안동 하회마을 염행당 고택. 안사랑채 뒤로
사당채와 몸채가 있고, 왼쪽으로 대문채가 보인다.

↑
함양 일두고택의 안사랑채. 사랑채 오른쪽에
있는데 현재는 사랑채와 사이에 중문이 없으나
본래는 있었을 것이다.

4. 안사랑채

상류층 한옥에서 가장 분화된 공간은 주로 남자들이 사용하는 사랑채이다. 큰사랑, 작은사랑, 산정山亭사랑 등이 있고 제청이나 별당채도 사랑채로 사용되곤 하였다.

사랑이라고는 하지만, 은거용으로 은퇴한 집안 어른이 거처하면 안사랑채(함양 일두고택)라는 이름이 붙는다. 같은 기능이지만 강릉 선교장에서는 서별당이라는 이름으로 부르기도 한다.

서별당에 은거할 어른이 없으면 자손들의 공부방이나 서재로 사용되었다. 안사랑채는 시집갔다가 다니러 온 딸들이 묵는 공간으로 사용되기도 하였다(정읍 김명관 고택).

어찌 보면 안사랑채는 영구적인 용도보다는 필요에 따라 전용하였던 공간이었다. 조부모, 부모와 함께 여러 세대가 대를 이어 한 집에 사는 누세동거累世同居가 원칙이었던 조선 후반기 가부장제 사회에서 4대가 거주하다가 은거하던 윗대가 돌아가시면 후손들의 공부방으로 쓰고, 다시 은거할 분들이 생기면 다시 그분들의 거처로 사용한 것이다. 고조부가 은퇴할 즈음이면 증손들은 이미 서당이나 서원에 다닐 나이였을 것이므로 자연스럽게 한옥은 누세동거에 맞게 용도를 바꾸어 사용할 수 있었다.

정읍 김명관 고택의 안사랑채는 출가한 딸들이 방문했을 때 사용하였으나 원래 온돌방이 없었고 나중에 설치하였다고 한다. 그렇다면 안사랑채는 겨울에는 사용이 어렵고 추운 계절에 낮에는 화로 등으로 견디더라도 잠은 안채에서 잤다는 얘기가 된다. 방을 전유하는 사람은 가부장과 장자, 종부와 장자부 밖에 없고, 다른 사람들은 신분과 남녀만 구분하여 방을 공용하기도 했을 것이다. 이럴 때, 사용하는 사람의 모든 활동을 포용하는 온돌방은 전용성轉用性[1]이 극대화되었고 한옥의 융통성은 배가 되었을 것이다.

↑
경주 독락당. 계정의 모습이 계곡과 어울려
아름답다.

5. 별당채

1 경주 독락당
서얼금고법庶孽禁錮法이
있었던 시대라 회재 이언적은
적처에게 아들이 없어 양자로
가문을 이었지만, 독락당에서
안채와 사당까지 두고 첩에게서
친자를 얻은 후 몇 년간
거처하였다. 차후 독락당은
친자가 독립된 재산권을
가지도록 하려는 회재의 뜻이
이루어지는 근거가 된다.

서庶는 양첩의 자손, 얼孽
은 천첩의 자손을 말하는데,
서얼금고법은 태종 15년
(1415)에 양반의 자손이더라도
첩의 소생은 관직에 나아갈 수
없도록 한 제도이다. 명종(재위:
1545-1567) 때 서얼허통법庶
孽許通法이 등장하며 논란이
거듭된다. 이 차별제도는 영조
(재위: 1724-1776) 때부터
느슨해졌고, 정조(재위:
1776-1800)는 서자들을
대거 등용하여 실학의 이상을
실현하고자 하였다. 결국
갑오개혁(1894)에 이 법이
폐지된다.

상류층 한옥에서 별당채는 두 가지 형태로 나타난다. 하나는 시집가기 전 딸들의 거처로 안채의 뒤편 가장 내밀한 위치에 있어 고즈넉한 정서를 가진 별채이고, 또 하나는 가부장의 사랑채에 덧붙여서 확장된 사랑으로 사용하기 위해 사랑마당 근처나 본채와 떨어진 곳에 지은 별채이다.

남자아이들을 위해 지은 별당채는 초가지붕으로 짓고 초당이라 부르며 공부하고 수련하는 공간으로 사용함으로써 유생으로서의 검박한 시절을 지내도록 하였다. 사용하는 가족의 성별에 따라 여자가 사용하면 내별당, 남자가 사용하면 외별당이라고 부르기도 하였다.

별당채에는 당堂, 정亭, 재齋, 정사精舍 등의 이름이 붙는다. 별당이라 함은 따로 지은 집이므로 위치가 중요하기도 하고 별도의 공간이라는 의미가 중요하기도 하다. 좀 떨어진 한적한 곳에 지었을 때는 별서別墅로 불렀다.

경주 독락당은 회재 이언적이 1515년에 안채를 짓고 나서 17년 후에 지은 별서이다. 경주 양동마을에 여강이씨 종택인 경주 양동 무첨당이 있으므로 독락당[1]은 별서로서의 의미가 부각된다. 독락당의 계정은 대청에서 담벼락에 난 살창을 통해 자계紫溪를 내다볼 수 있어서 계곡에 위치한 별서의 느낌을 한껏 즐길 수 있게 되어 있다.

→
나주 남파고택. 안채 뒤에
있는 초당인데 현 종손도
어릴 적 이곳에서 공부를
했다고 한다.

외부공간 → 채 → 별당채

↑ ↑
해남 녹우당. 녹우당의 담 안에 4대조 사당이
있고 담 밖으로 불천위인 고산과 어초은을
모신 사당이 있다.

↑
안동 하회 충효당. 불천위인 서애 류성룡과 4
대조를 함께 모신 사당채이다.

6. 사당채

1 불천위
불천지위不遷之位의 줄임말로
나라에 큰 공을 세운 사람의
신주를 4대 봉사가 끝난 후에도
대대손손 제사를 지내도록 한
신위이다. 불천위는 유림에서
만장일치로 정하기도 하고
나라에서 정하기도 한다.
불천위는 기제사는 물론 묘사나
시제도 지내는데 가문에 따라
다르고 종손이 주재를 하지만
지손과 유림들도 참여한다.

2 사주문
기둥을 4개 가설하고 문을 다는
형식인데 사당채에는 사주문을
주로 쓴다. 이와 달리 일각문은
두 개의 기둥을 가설하고 문을
다는 형식으로 채와 채 사이
중문인 협문에 주로 쓰인다.
사주문이 더 격식이 있다.

조선 중기 이후 성리학자들은 가부장적 이상사회 실현을 위해 주자가례를 기반으로 예학을 더욱 발전시켰고 사대봉사四代奉祀를 권하였다. 따라서 종가의 사당은 조상숭배를 위한 상징적 공간으로 매우 중요했다. 조상의 신주를 봉안하기 위한 건물을 원래는 가묘家廟라 불렀으나 선조 (재위: 1568-1608) 이후 예학이 전개되면서 사당祠堂으로 불렀다.

대대손손 누세동거를 하는 종가에서는 4대조를 위한 사당과 불천위不遷位[1]조상을 위한 사당까지 두어 채의 사당이 있는 경우도 있다. 불천위 사당을 별묘로 만들 수 없는 경우에는 사당의 가장 서쪽에 벽감을 만들어 모시기도 한다. 해남 고산고택에는 4대조 사당 이외에도 고산 윤선도를 위한 사당과 어초은 윤효정 사당이 불천위여서 집안과 주위에 3채의 사당을 두고 있다.

사당은 대개 정면 3칸에 측면 1칸 규모이다. 사당 안에는 4대조의 신주를 봉안하는데 북쪽에 각각 교의交椅를 세우고 그 위의 감실龕室 안에 신주를 모신다. 서쪽부터 고조부, 증조부, 조부, 부의 순으로 모시고 각각 향탁을 두어 그 위에 향로와 향합을 놓는다. 4대봉사가 원칙이므로 4대를 넘기면 서쪽으로 한 칸씩 옮기고 동쪽 끝에 새로운 망자의 신주를 봉안한다.

종가는 망자와 자손이 함께 기거하는 곳이므로 자손들은 사당에 예를 차리는 일상생활을 지속하였다. 새벽에 일어나 신알례晨謁禮를 하고, 바깥출입을 할 때 출입례出入禮, 가까운 곳에 나갔다가 돌아왔을 때는 첨례瞻禮, 집 밖에서 하룻밤을 묵을 때는 경숙례經宿禮, 10일 이상 떠날 때는 경순례經旬禮, 한 달 이상 떠날 때는 경월례經月禮를 한다. 그 이외에도 참례參禮, 천신례薦新禮, 고유례告由禮가 있어서 절기마다 제사를 올리고, 집안의 대소사에도 사당에 제사를 올리는데 이는 조상을 존중하여 일상생활을 같이한다는 상징적 의미를 갖고 있다.

사당은 대개 안채나 사랑채 뒤쪽의 약간 높은 언덕 위에 세우고 사주문四柱門[2]을 단다. 우리나라의 마을은 배산임수背山臨水형이 많다. 특히 처음 가문의 터를 잡은 입향조는 주산主山의 능선이 끝나는 지점에 터를 잡으므로 대부분 뒷산이 있어 사당을 집 뒤의 약간 높은 곳에 두기가 쉬웠다.

↑↑
안동 하회 충효당. 사당의 골판문 외관에
입춘방이 붙어 있다.

↑
안동 의성김씨학봉종택. 불천위인 학봉
김성일과 4대조를 모신 사당에서 설 차사
(차례)를 지내면서 종손이 술잔을 올리는
모습이다.

↑
안동 의성김씨학봉종택. 사당의
골판문 외관에 입춘방이 붙어
있다.

외부공간 → 채 → 사당채

↑

안동 퇴계종택. 종손과 제관이 신주를 모시러
사당으로 들어가고 있다.

외부공간 → 채 → 사당채

↑↑
구례 운조루고택. 방과 곳간들이 연이어 있는
줄행랑인데, 밖에서 보아 솟을대문 오른쪽
행랑에는 여자들만 출입하는 문이 있고 그
안에 여자용 변소인 내측內廁이 있었다.

↑
강릉 선교장. 행랑채에 줄줄이 방과 곳간들이
연이어 있는 줄행랑이다. 차양이 있는 건물은
사랑채인 열화당이다.

7. 행랑채, 대문채

1 가사규제
조선시대 가옥의 전체규모를 칸
수로 규제하고 건물의 종류와
주재료와 칸의 크기, 장식과
색채 등에 이르기까지 신분에
따라 허용한도를 정해준 것을
말한다. 실록에도 나오지만
<경국대전>, <대전회통> 등에
기록되어 있다. 세종 31년
기록에는 행랑의 칸수 제한은
없고 규모 제한은 나와 있다(行
廊, 翁主·宗親·二品 이상은
長8尺5寸, 廣8尺, 柱8尺, 2품
이하 間閣尺數는 2품과 동일).

행랑채는 채와 마당을 보호하는 담벼락을 공간화하면서 만들어진다.
규모가 큰 반가에서는 솟을대문 좌우측과 안채로 이르는 중문 벽체까지
모두 행랑을 구성하여 소위 줄행랑을 만든다. 줄행랑은 창덕궁내
연경당의 행랑채와 강릉 선교장의 솟을대문 좌우에 구성된 행랑채, 구례
운조루고택의 행랑채, 안동 임청각의 행랑채가 그 모습을 잘 보여준다.

이러한 행랑채에는 솔거노비가 살기도 하고, 각각의 마당을 둘러싼
생활과 행사를 지원하는 물품들을 보관하기 위한 공간들이 있다. 초헌과
가마, 마구와 말구유가 있는 마구간이 있고, 청지기나 하인의 식솔들의
생활공간으로 온돌방과 쪽마루, 군불을 때는 아궁이가 있다.

바깥 행랑채에는 나락이나 나뭇단을 보관하는 헛간이 있다. 조선시대
사대부가는 식솔들 외에 과객이 묵어가기를 청하면 며칠 혹은 몇 달씩
묵었으므로 소위 식객들을 위한 온돌방과 군불 때는 아궁이도 있다.
이처럼 행랑채는 상전들의 일상생활을 지원하는 청지기나 하인들의
생활공간이고, 물품을 관리하고 보관하는 공간이었다.

구례 운조루고택의 대문간 행랑채는 무려 19칸이나 된다. 그런데 칸마다
그 크기가 들쭉날쭉하다. 후손은 "가사규제[1]를 맞추기 위해 부재의
크기를 늘려 22칸을 19칸으로 줄여서 만들었기 때문이라고 전해 온다"
고 하였다. 민간에서는 99칸까지 지을 수 있다는 구전이 전해지는 것처럼
행랑채는 19칸 이내라야 한다는 구전도 민간에 전해져 왔음을 알 수
있다.

대문 좌우에 한두 칸 행랑방이나 곳간이 있고 담장이 이어지는 경우는
대문채라고 부른다. 안동지역에는 솟을대문이 없는 반가도 많고, 대문이
있는 곳을 대문채라고 부르는 경우가 많다.

부속 공간

안동 고산정. 풍광이 좋은 곳에 건립하여 독서를 즐기는 공간으로 사용하였다.

↑↑
예천 초간정. 우리나라 최초의 백과사전인
<대동운부군옥>을 집필한 예천권씨 초간 권
문해선생이 지은 정자이다.

↑
영덕 침수정. 천연림으로 유명한 영덕
옥계계곡 위에 세워진 경주손씨 손성이
지은 정자이다.

1. 산정사랑

조선 전기만 해도 풍수에 따라 집과 사당을 옮기거나 철거하는 일이 많았지만 가부장제가 확립되면서 사대부가, 특히 종가는 사당을 옮길 수 없게 되었다. 이때부터 누세동거가 당연한 것으로 여겨졌고, 집안에서 가장 권위 있는 존재인 가부장이 생활하는 사랑채 일곽은 매우 중요한 공간이 되었다.

가부장은 사랑채를 주로 사용했지만 대가족의 복잡함을 떠나 유유자적하면서 풍류를 즐길 수 있도록 마을 가까운 곳에 또 하나의 사랑채인 산정山亭사랑을 두었다. 손님들과 풍류를 즐기는 정자와 달리 온돌과 부엌이 있어 날을 넘겨 머물 수도 있는 확장된 사랑공간이 산정사랑이다.

이러한 가부장의 생활방식은 <내훈>에서 가르친 대로 여자들이 4덕四德[1]을 지키고 침선방적針線紡績과 할팽割烹[2]에 전념하고, 재산으로 치부되었던 노비들의 노동이 있었기에 가능했을 것이다.

함양 일두고택에는 만귀정이라는 산정사랑이 있다. 본가에서 그리 멀지 않으나 마을의 끝자락에 위치한 만귀정 앞에는 네모난 연못이 있고 연못 안에는 지방천원地方天圓[3]을 상징하는 네모난 연못과 자그마한 석가산이 조성되어 있다.

안동 하회마을 겸암정사는 겸암 류운룡이 하회마을이 내려다보이는 풍치 좋은 부용대에 지었는데 뒤쪽으로는 안채가 있어서 거주가 가능한 산정사랑이다. 이곳은 교육 공간을 겸하게 되어 '謙菴精舍'라는 현판도 붙어 있다.

1 4덕
성리학적인 이념을 교육시키고자 성종의 모후가 <내훈>을 지어 강조했던 여자들이 갖추어야 할 4가지 덕목을 말한다. 부덕婦德은 다소곳하여 절개를 지키고 바르게 처신하고 행동하며, 부언婦言은 옳고 바르게 말하며, 부용婦容은 깨끗하고 단정하게 용모를 가꾸며, 부공婦功은 성실히 일하되 자랑하지 말라는 내용이다.

2 침선방적과 할팽
바느질과 베 짜기 그리고 요리하는 것을 말한다. 겨울에는 비단, 여름에는 모시를 사용하여 바지저고리에 두루마기까지 갖춰 입어야 하는 한복의 손질은 매우 까다로운 작업이었다. 한복은 세탁을 할 때마다 뜯어서 다듬이질하여 손질하고 다시 옷을 지어야 입을 수 있기 때문이다. 할팽이란 자르고 삶는 등의 음식 만드는 것을 뜻하는데 특히 종가에서는 접빈객을 위해 가장 중요한 일상이었을 것이다. 안동 광산김씨 예안파 종가에는 탁청정 김유와 손자인 계암 김령이 공동 집필한 조리서인 <수운잡방需雲雜方>이 전해 내려온다.

3 지방천원
땅은 네모나고 하늘은 둥글다고 우주를 형상화한 것이다. 정자 앞에 네모난 연못을 파고 그 안에 둥그런 석가산을 만들어 바위와 나무를 배치해 심어두고 감상하였다. 인간은 하늘과 땅의 정기를 받아 살아가는 존재임을 상징적으로 보여주는 정원 구현방식이다. 이는 하늘과 땅 사이에 존재하는 도道가 인간에게도 똑같은 형태로 존재함을 알아야 한다는 성리학적 세계관을 담고 있다.

외부공간 → 부속공간 → 산정사랑

↑
보성 열화정. 정자 앞에 조성된 연못의 형태는
'ㄴ'자형 방지로 되어 있다.

외부공간 → 부속공간 → 산정사랑

↑
안동 만휴정.
안동김씨묵계종택의 정자로
계류 옆에 지어져 있고
경관이 뛰어나다.

→
안동 만휴정. 보백당
김계행의 유훈이 담긴
편액이 걸려 있다. '우리
집에는 보물이 없다. 보물이
있다면 청렴함 뿐이다'라는
뜻이다.

2. 정자

정자는 산수 좋은 곳에서 글을 읽거나 풍류를 즐기기 위해 짓는다. 정자는
자연경관이 좋은 곳에 짓는 경우가 많아 공간을 들어 올리므로 위험하지
않도록 주변에 난간을 둘렀다. 벽체 없이 기둥과 지붕만 있기도 하고 바닥엔
대개 우물마루를 깔았다. 추위를 견디기 위해 온돌을 들여 군불을 때기도
하지만 부엌이 딸려 있지 않아 상시 거주는 어렵다. 개인의 정자에는 정후,
각閣이라는 이름이 붙고, 루樓와 대臺라는 이름은 잘 붙이지 않는다. 그런
의미에서 상주의 대산루는 손님을 맞이하고 풍류를 즐기는 정자라기보다는
2층으로 구성하여 계정과 산을 바라볼 수 있고, 높이 지은 다락집임을
강조하여 대산루라는 명칭이 붙었을 것이다. 실제로 丁자형의 이 건물은
누마루가 있기는 하지만 강학공간이자 주인의 거처공간이기도 하였다.

강릉 선교장의 활래정과 안동 탁청정은 마을 안의 본가 가까이에 있다. 정자
앞에는 지방천원을 상징하는 연못을 만들고 정자를 짓기도 하였다.

냇물과 계곡을 감상할 수 있는 곳에 누정[1]을 만드는 예도 많다. 만휴정은
보백당 김계행이 지은 정자로 원림의 계류를 끼고 있어 경관이 아름답다.
정면은 누마루 형식으로 개방되어 있으나 양쪽에 온돌방을 두었고 여러
차례 중수되어 조선 후기 양식을 보여주는데, 정자에는 그의 유훈이 담긴
편액이 걸려 있다.

조선의 선비들은 자연경관을 원림으로 경영하며 계곡 물소리를 정자 안에
들이기도 하였지만, 고산 윤선도는 보길도에 물길을 가두어 연못을 만들고
그 안에 세연정을 지었다. 소쇄옹 양산보는 계곡을 부분적으로 막아
별서정원 담양 소쇄원을 경영하였고, 광풍각을 지어 정자의 풍류가 계곡의
물소리와 함께 완성됨을 보여주고 있다.

거북이 모양의 바위위에 지은 봉화 청암정에는 당초에 온돌방이 있었으나
불을 지피면 바위에서 소리가 나곤 했다고 한다. '바위에 불을 지피는 것은
거북이 등에 불을 지피는 것과 같다'하여 아궁이를 막고 마루방으로 바꾸고
주변을 파내어 못을 만드니 소리가 나지 않았다고 한다.

↑
봉화 청암정. 주칠 기둥을 둔 화려한 정자로서
충재 권벌의 소박한 서재와는 대조적이다.
6칸 대청은 팔작지붕이고, 맞배지붕이 있는
곳에 2칸의 온돌이 있었으나 나중에 아궁이를
폐쇄한 후 마루를 깔고 주위에 못을 팠다고
한다.

↑
담양 소쇄원. 계곡을 집 안으로 끌어
들여 자연석 바위 위에 광풍각을 지었다.
조선시대의 대표적인 정원이다.

외부공간 → 부속공간 → 정자

↑
창덕궁 연경당. 안채 뒤로 일각문이 있는 별도의 건물이 반빗간이다.

←
창덕궁 연경당. 맞배지붕의 ㄱ자 반빗간의 뒤쪽인데, 오른쪽부터 고방, 작업 공간, 부엌, 온돌방 2칸, 마루방 2칸, 온돌 1칸이 연이어 있다.

3. 반빗간

1 연경당

연경당은 순조(재위: 1800-1834) 대에 사대부가의 생활모습을 알기 위해 세자의 청에 의해 창덕궁의 후원 안에 지어졌다는 설과 순조에게 존호를 올리는 경축행사에 맞추어 이를 거행하기 위해 지었다는 설이 있다. 헌종(재위: 1834-1849)대의 기록에 의하면 헌종 12년(1846)에 건축되었고, 고종 2년(1865)에 수리하였다고 하므로 조선 후기의 사대부가를 유추하는 자료가 될 수 있다.

반빗간은 음식조리를 위해 만든 독립된 부엌 건물이다. 현재 남아 있는 상류층 한옥의 어디에도 없지만 창덕궁 후원에 사대부가를 모방하여 지은 연경당[1]에는 남아 있다. 예산 추사고택의 안채에는 난방을 위한 함실아궁이만 있고 요리를 위한 반빗간은 담장 밖에 따로 있었다고 전해지나 현재는 소실되었다.

고구려 안악3호분 벽화를 보면, 아궁이가 있는 부뚜막이 있고, 방앗간과 육곳간이 따로 따로 있다. 고구려의 가난한 사람들貧民의 장갱長坑을 한반도 온돌의 기원으로 본다. 一자, ㄱ자로 만들어서 서서 일하기 적당하여 그 위에 걸터앉을 수도 있는 높이였다.

고려 후기에는 화로에 봉탄을 넣어 따뜻하게 하였다는 기록이 있고, 겨울에는 따뜻한 방, 여름에는 시원한 마루[2]라고 하여 온돌과 마루를 계절적으로 사용한 기록도 있다. 그러나 고려 전기까지도 상류층은 입식생활에 평상臥榻을 이용하였고, 일반 백성들은 '흙침상土榻에 아궁이火坑을 만들고 그 위에 눕는다'는 기록이 있다. 아궁이가 방안에 있었다 하므로 온돌이 살림집에 전면적으로 보급되지는 않았던 것 같다. 취사와 난방을 겸하지 않았다면 취사는 부뚜막과 아궁이가 있는 별도의 건물에서 혹은 여름에는 한데 부엌에서 했을 것이다.

3 <오주연문장전산고>

이규경이 지은 책으로 온돌토갱변증설溫堗土坑辨證說에 보면 '1백 년 전에는 공경귀척의 집일지라도 온돌을 불과 한두 칸 만들어 노인과 환자가 쓰도록 했고 나머지 사람들은 모두 마루방板房에서 생활했는데 주위에 병풍과 휘장을 치고 살았다 …… 자녀의 방은 자리 풀을 깔았고 온돌에 마분을 때어 얼마간의 연기기운으로 덮혔다'고 기록되어 있다.

1530년에 편찬된 조선 중기 인문지리서인 <신증동국여지승람>에 역원, 객사 등의 중수기록에 '욱실燠室을 더하였다'는 기록으로 미루어 한반도 북부, 추운 지역의 가난한 사람들이 사용하던 장갱에서 기원한 온돌의 장점을 잘 알던 관리들이 동헌과 역원 등을 중수하면서 온돌을 추가하였고, 점차 상류층 살림집에까지 퍼져 나간 것으로 보인다. 이규경은 <오주연문장전산고>[3]에서 '백 년 전에는 노인과 환자를 위해 온돌을 한두 칸 만들어 사용하였다'고 기록하였다.

반빗간을 별도로 만들었던 것은 불 때는 아궁이가 있는 부뚜막의 특성상 화재 예방의 목적도 있었을 것이다. 이에 더하여 취사의 양이 특별히 많아 부엌을 별도의 공간으로 확대할 필요성도 한 몫 했을 것이다.

상류층 한옥에서 반빗간이 사라진 것은 부뚜막과 아궁이가 있는 부엌을 공간화 할 만큼 건축기술이 발전하여 취사와 난방을 겸할 수 있었기 때문일 것이다. 또한 가부장제가 확립되어 누세동거를 했던 가부장 사회에서 조상숭배, 장자우대, 불균등 상속, 남녀유별을 실천하기 위해 안채와 사랑채 등으로 채나눔 되면서 안채에 음식장만을 위한 부엌공간이 모아졌기 때문으로 유추할 수 있다.

↑
창덕궁 연경당. 일각문 뒤로 반빗간이 보인다.

외부공간 → 부속공간 → 반빗간

↑
안동 하회마을 화경당 고택. 대문채 왼쪽에
있는 초가지붕은 사랑채에 머무는 남자들과
행인을 위한 측간이다. 여자용은 안채 안에
있었으나 지금은 없다.

4. 측간

남녀가 유별하던 조선 중기 이후의 한옥에서 남자들이 사용하던 측간은
외측이라 하여 사랑채의 외진 곳에 두고, 여자들이 사용하던 측간은
내측이라 하여 안채의 은밀한 위치에 두었다.

해남 녹우당의 사랑채 한 쪽에는 측간과 목욕간이 있는 초가지붕 건물이
있다. 측간의 한 쪽에는 잿간을 두어 볼일을 보고 난 뒤 재를 퍼서 덮으면
냄새를 줄일 수 있었고, 나중에 텃밭에 뿌리면 유용한 거름이 되었다.
이처럼 지붕을 둔 별도의 작은 건물인 경우도 있지만, 행랑채의 한 칸에
측간을 들이기도 했다.

사찰에서 측간은 해우소解憂所라 부른다. 근심을 푸는 곳이라는 뜻이다.
불교가 융성했던 고려시대까지는 집안의 측간도 이와 같은 느낌으로
사용하지 않았을까? 경주 독락당 사랑채 측간은 계곡물 소리를 들을 수
있는 곳에 위치하여 근심을 푸는 것도 가능했을 것이다.

그러나 조선시대에 이르면 측간은 안팎으로 남녀가 구별하여 사용하였고,
뒷간으로 불리며 후미진 곳에 두어 귀신이 출몰하는 음습한 장소로 여긴 것
같다. 후미진 위치에 있다 보니 밤에는 음산한 기운이 있어 변소각시ㆍ
뒷간신ㆍ측부인이 있다고 믿었다. 무시무시한 귀신이야기도 많이 전해 오기
때문에 심리적 부담감이 있는 곳으로 여겼음을 알 수 있다.

밤에는 요강[1]이라는 물건이 있어서 윗목에 혹은 웃방에 들여 놓고 이동식
측간으로 사용하였고, 장시간 이동을 할 경우에는 가마 안에도 요강을
비치하였다. 측간이 외진 곳에 있어서 요강은 야밤에 필수품이었기 때문에
시집가는 새색시들의 혼수품목이기도 하였다.

1 요강
요강이라는 말은 항아리와
푼주, 즉 형태를 암시한다.
재료는 질그릇이 많았으나
도기ㆍ자기ㆍ놋요강도 있고, <
임원경제지>에는 휴대용이나
서재용은 오동나무를 깎아
옻칠을 한 것이 좋다고 되어
있다.

↑ ↑
함양 일두고택. 안채 측간이 안행랑채 뒷쪽에
있다.

↑
영광 매간당 고택. 안채에서 후원으로
연결되는 중문 왼편에 여자들이 이용하는
내측이 있다.

↑↑
함양 일두고택. 사랑대청 뒤쪽에 판장으로
가리고 아래에 나무통을 두어 소변을 받는
곳이 있다. 안중문을 지나자마자 안행랑채로
향하는 길목에 있다.

↑
안동 후조당 종택. 사랑채 마루에 놋요강과
세수 대야가 놓여 있다.

　　　　외부공간 → 부속공간 → 측간

↑↑
안동 하회마을 화경당 고택. 주변에
외거노비가 사는 초가 가랍집이 10여 채
있었다.

↑
영광 매간당 고택. 뒷마당 장독대의 뒷편에
호지집이 있다. 주인집과 붙어 있으므로
믿음직한 노비의 거처였을 것이다.

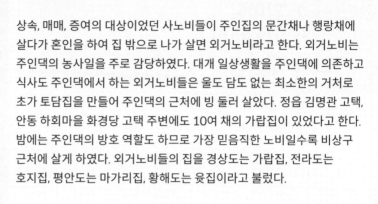

5. 가랍집

상속, 매매, 증여의 대상이었던 사노비들이 주인집의 문간채나 행랑채에
살다가 혼인을 하여 집 밖으로 나가 살면 외거노비라고 한다. 외거노비는
주인댁의 농사일을 주로 감당하였다. 대개 일상생활을 주인댁에 의존하고
식사도 주인댁에서 하는 외거노비들은 울도 담도 없는 최소한의 거처로
초가 토담집을 만들어 주인댁의 근처에 빙 둘러 살았다. 정읍 김명관 고택,
안동 하회마을 화경당 고택 주변에도 10여 채의 가랍집이 있었다고 한다.
밤에는 주인댁의 방호 역할도 하므로 가장 믿음직한 노비일수록 비상구
근처에 살게 하였다. 외거노비들의 집을 경상도는 가랍집, 전라도는
호지집, 평안도는 마가리집, 황해도는 윳집이라고 불렀다.

마당

안동노송정. 노송정 대청에서 대문채가 보인다.

↑
논산 명재고택. 안마당에서 본 내외벽이다.
안중문을 지나면 내외벽이 마주하므로 돌아
들어와야 하는데 내외벽의 아래가 트여 있어
들어오는 사람을 가늠할 수 있다.

1. 안마당

안마당은 사랑채에서 안중문을 통과해 내외벽을 돌아서 이르게 된다. 안채는 여자들의 공간이므로 집안에서 가장 내밀한 곳에 위치한다. 지방에 따라 다르기는 하지만 특히 낙동강 동안에 있는 반가들은 ㅁ자 몸채가 많고, 네모난 마당을 가지고 있다.

안마당은 여자들의 주 생활공간이자 집안의 의·식·주생활과 관혼상제·세시풍속에 따라 각종 집안 행사를 지원하는 공간이다. 그래서 안마당은 물이 잘 빠지도록 마사토를 깔아 빈 곳으로 두는 경우가 많다. 일설에 의하면 네모난 안마당에 나무를 심으면 곤할 곤困자가 되어 나무를 심지 않았다고 한다.

한옥에서는 집안의 창문들이 마당으로 열리므로 내외부 공간이 유기적으로 소통되는 것 같아도 '장유유서', '남녀유별' 등 신분 질서가 존재하는 안채의 정서는 미묘하다. 안중문을 통과하여 들어오는 사람의 시선을 차단하기 위해 내외벽을 두었고, 아래를 터서 그 틈으로 들어오는 사람의 신발을 보고 누구인지 파악해 대처하도록 했다.

종부가 거처하는 안방 앞과 며느리가 거처하는 건넌방 앞은 정서가 다르다. 특히 조선 중기 이후 반친영의 혼례제도가 정착된 후에는 이미 안채의 웃어른이 되어 광 열쇠를 지닌 시어머니와 막 시집와서 층층시하 적응해내야 하는 며느리의 지위가 많이 다르다. 한마당을 쓰더라도 정교한 장치를 통해 예에 기반한 일상생활이 이루어지는 것이다.

함양 일두고택의 안마당에는 우물이 있다. 원래는 이 마을이 배 모양이라 우물을 파면 배가 가라앉을 것이라는 풍수적 해석 때문에 우물을 파지 못했으나 일제강점기에 설치했다고 한다. 함양 일두고택의 종부는 안방과 안대청을 사용하며 안마당에서 일어나는 일을 바라보도록 시야가

↑ ↑
청송 송소고택. 사랑채와 대문채 사이와
안마당에 우물이 두개가 있다.

↑
논산 명재고택. 내외벽을 돌아들면 보이는
안채와 안마당, 안마당은 대개 비워 눈다.

1 종신형 가계계승
가부장의 사후에 가계계승을
하고 사랑방과 안방을
아랫대에게 물려주는 방식이다.
전라도 지역에서 주로
행해졌다. 대표적인 종신형
평면은 정읍 김명관 고택이다.
가계계승의 시기를 알 수
없으므로 종부와 장자부의
공간이 동등하게 균형을 이루고
있다.

2 은거형 가계계승
가부장이 관직에서 은퇴를
하면 장자에게 가계계승을
하고 종부도 장자부에게 곳간
열쇠를 물려주고 안사랑채로
은거한다. 경상도 지역에서
주로 행해졌으며 사용공간의
크기에 위계가 있다. 함양
일두고택에 그러한 가계계승
방식이 잘 반영되어 있다.

펼쳐진다. 사랑채와는 큰사랑방 뒤편에 있는 툇마루를 통해 소통과 지원이
가능하다. 며느리가 거처하는 건넌방은 뒷마당에 있는 뜰에서 사당과
안사랑채로 가는 일각문, 뒷마당에서 나오는 일각문이 있고, 사랑채 뒤편
침방 앞 툇마루가 있는 광채 앞뜰로 시야가 트인다. 종부와 장자부의
공간이 대칭을 이루었던 정읍 김명관 고택의 종신終身형 가계계승[1]과는
달리 은거隱居형 가계계승[2]을 하는 함양 일두고택의 공간사용 위계가
안마당의 정서에서 배어나고 있음을 알 수 있다.

우물이 가사작업에 중요하지만 안마당에 있는 경우는 드물다. 예산
추사고택은 안채의 담 밖에 우물이 있고, 안동 임청각은 사랑마당에
우물이 있어서 동네 사람들도 오가면서 사용했다고 한다. 보성 이진래
고택은 안채와 사랑채 사이에 우물이 있다.

↑↑
안동 진성이씨 온혜파 종택. 오른쪽에
별당채인 노송정이 있는데 평소에는 사랑채로
사용한다. 사랑마당이 단 차이를 두고
펼쳐진다. 안중문으로 들어가면 퇴계태실이
있는 안채가 있다.

↑
안동 정재종택. 농사철이 되면 고추, 콩, 깨
등을 말리고 털고 하는 용도로도 쓰였기
때문에 솟을대문을 들어서면 사랑마당이
널찍하게 비어 있다.

2. 사랑마당

한옥에서 사랑마당은 대외적으로 가장 중요한 마당이다. 외부인이 대문을 들어서자마자 사랑채가 보이는데, 그 사랑채에서는 가부장과 장자의 생활이 이루어지고 객이 드나들며, 관혼상제의 의식들이 이 사랑마당을 중심으로 펼쳐지기 때문이다.

하나의 채는 마당과 함께 완성된다. 방의 문과 창이 마당을 향해 열리므로 한옥의 내부와 외부는 서로 분리되기 보다는 유기적으로 하나가 되어 그 안에 사는 사람들을 포용한다. 그러다보니 자연히 그 안에 기거하는 사람들의 정서가 마당에도 드리워진다.

사랑마당의 정서는 가부장의 풍류적 감각에 따른다. 또한 객이 드나들므로 집안의 대외적 품격이 드러나며, 집안 대소사를 마당에서 치르므로 널찍한 빈 곳이 필요하다. 주변에는 필요한 기물들을 수납하는 곳간들이 있게 마련이다.

사랑마당은 여러 기능이 있으므로 몇 그루의 나무만 심고 빈 마당으로 둔 채, 방안이나 누마루에서 차경借景[1]하는 것으로 만족한다.

사랑마당에 나무[2]를 심고자 하면 회화나무, 매화나무, 석류나무 등을 심고, 화초를 가꾸고자 하면 화단(함양 일두고택 사랑마당)이나 화계(창덕궁 연경당 선향재 뒤편)를 만들어 모란과 국화, 난초 등을 심는다. 석지에 물을 담아 연꽃이나 수련을 심기도 하고 괴석을 두기도 한다. 고택마당에 더러 석류나무가 심어져 있는 것을 보게 되는데, 이는 다산多産과 풍요를 상징하는 것으로 시집간 딸들이 잘 살기를 바라는 염원에서 심었다는 설이 있다.

마당에는 마사토[3]를 깔아 빗물이 잘 빠지면서도 햇빛이 많이 반사되도록 한다. 반사된 빛은 창문을 닫아도 창호지를 통해 들어와 방안에 부드러운 빛이 감돌게 한다.

사랑마당의 주위에는 행랑채나 대문채, 담장이 둘러 있고, 다른 채로 드나드는 사주문이나 일각문들이 달려 있다. 높은 기단 위에는 가문의 품격을 드러내는 현판을 단 사랑채와 누마루가 있다. 주인대감이 말을 타고 오르내릴 때 딛기 위한 하마석도 있다.

돌확이 있어 물을 담아 손 씻기와 다용도로 쓰기도 하고, 외진 위치에는 외측이 있다.

1 차경
경치를 빌려온다는 의미이다. 방 밖의 경치를 창문을 통해 방안으로 빌려오는 근차近借, 담 밖의 원경을 누마루에서 보고 즐기는 원차遠借, 석지에 물을 담아 물에 비치는 경치를 즐기는 간접 차경이 있다.

2 나무
<임원경제지>에는 나무를 심어 사상四象을 대신하는 법이 실려 있다. 왼편에 흐르는 물이 없고, 오른편에 큰 길이 없으며, 앞쪽에 연못이 없고, 뒤쪽에 구릉이 없다면, 동쪽에는 복숭아나무와 버드나무를 남쪽에 매화와 대추나무, 서쪽에는 치자와 느릅나무, 북쪽에는 사과나무와 살구나무를 심는다고 되어 있다. 서쪽에 대추나무가 있으면 소가 불어나고, 중문에 회화나무가 있으면 부귀를 누리고, 뒤쪽에 느릅나무가 있으면 귀신이 접근하지 못한다고도 되어 있다.

3 마사토
마사토란 화강암이 풍화되어 만들어진 흙인데 밝은 색이어서 빛을 잘 반사하고 물이 잘 빠진다. 마당에 마사토를 깔아 놓으면 장마철에도 물이 잘 빠져 마당이 질척거리지 않고, 색이 밝아 햇빛을 잘 반사한다.

↑
해남 녹우당. 사랑채의 왼쪽에 있는
회화나무가 우람하다. 회화나무는
선비나무라고도 불리는데 과거시험을 보거나
합격했을 때 심기도 하였다.

외부공간 → 마당 → 사랑마당

↑
영광 매간당 고택. 안채 뒷마당에 있는 장독대는 바닥을 돋워 햇볕이 잘 들게 했고 굴뚝과 함께 뒷마당의 주요 요소이다.

→
안동 노송정. 뒷마당에 있는 장독대를 종부가 돌보고 있다.

3. 뒷마당

뒷마당이라 하면 보통 안채의 뒷마당을 말하는데 일상생활을 영위하는 데 있어서 기능적으로 중요한 곳이다. 부엌과 통하고, 밖으로 통하는 별도의 뒷문이 있어 여자들이 출입하기도 하고 뒷동산과 연결되는 곳이기도 하고, 작은 죽림이 조성되기도 한다. 며느리들이 거처하는 건넌방 뒤쪽에는 작은 언덕을 만들어 두고, 거기 오르면 담 넘어 바깥세상으로 시야가 넓혀져서 며느리들의 숨통이 트이게 해둔 고택들도 있다.

뒷마당에는 장독대와 우물, 텃밭, 굴뚝, 겨울을 나기 위해 김장 단지들을 묻고 갈무리하는 움막도 있다. 뒷마당을 조성할 때는 텃밭의 채소들이 잘 자라고, 빨래가 잘 마르도록 빛과 볕을 최대한 이용할 수 있게 한다. 뒷마당은 생산 공간이자 갈무리 공간, 저장 공간으로 매우 중요한 곳이었기 때문이다.

뒷마당은 뒷산과 함께 장독대와 굴뚝이 조경요소가 되고, 집안일에 종사하는 여자들의 노동공간이자 볕을 쪼이며 한시름 거두는 쉼터로서의 정서가 배어나는 공간이다. 한 옆에는 봉숭아를 심어서 집안의 여자들과 아이들이 해마다 봉숭아물을 들여 이듬해 늦은 봄까지 손톱에 붉은색이 얼마나 남아있는지 겨루는 풍습도 전해 온다. 꾸미지 않으면서 자연스럽게 묵묵히 여자들의 삶과 애환을 지원해 주었던 공간이 바로 뒷마당이다.

→
논산 명재고택, 안채의
부엌에서 내다본 뒷마당.
부엌의 골판문을 열면
굴뚝과 장독대, 뒷동산이
조화롭게 펼쳐진다.

↑
담양 소쇄원. 광풍각 앞의 가랫굴로 연기가
나와 아래로 퍼지고 있다.

4. 굴뚝, 가랫굴

부엌이나 함실아궁이에서 불을 때면 온기를 머금은 연기가 각 방의 고래,
개자리를 통과하여 구들을 데운다. 그 연기가 굴뚝목을 넘어 공중으로 잘
빠져 나가도록 만든 구조물이 굴뚝이다. 굴뚝은 대개 각 채의 뒤쪽에
있는데 연기가 잘 빠져 나가야 하므로 아궁이가 여럿인 부엌의 큰 굴뚝은
독립구조물로 높게 만든다. 군불을 때는 아궁이의 굴뚝은 그리 높지 않다.

장독대 이외에 별다른 구조물이 없는 뒷마당에서 굴뚝의 형상은 그
자체로도 눈길을 끌지만 막돌이나 기와편을 박아 몸통을 쌓아 올리고
제일 위에 빗물이 들어가지 않도록 굴뚝 모자를 쓴 모습이 조형물로서의
아름다움도 보여준다. 여기에 담쟁이라도 타고 올라가면 계절 따라 색을
달리하며 뒷마당이 조원造園으로 변신하게 된다. 소외된 공간인 뒷마당에
서 있는 굴뚝 측면에 막돌이나 기와 편으로 길상문양을 넣기라도 하면
굴뚝은 연기를 빼는 기능에다 사람들의 염원까지 간직한 장식물이 된다.

가랫굴은 별도의 구조물이 없이 기단이나 벽면 아래에 구멍을 내어
아궁이의 연기가 빠져 나가도록 만든 굴뚝이다. 연기는 마당에 깔리게
되어 해충을 쫓고 소독을 하는 기능이 있을 뿐만 아니라 연기가
피어오르는 것이 외부에서 보이지 않게 한다. 마루 밑(안동 삼벽당), 정원
바닥(아산 외암마을 건재고택)에서 가랫굴이 발견되기도 하지만 기단 아래
두는 경우가 많아 기단굴뚝이라고도 한다.

한반도의 곡창지대였던 호남지방 부호들의 상류주택에 유독 가랫굴
형식으로 굴뚝을 만든 예가 많은 것은 주변사람들을 배려하려는 부호들의
가치관과 무관하지 않은 듯하다.

↑
구례 운조루 고택. 안채 중문으로 향하는
경사로 끝에 가랫굴이 있어서 아궁이에 불을
때면 하얀 연기가 사랑 마당 그득히 퍼진다.

↑
아산 외암마을 건재고택. 사랑채 앞의 정원에
있는 가랫굴이다.

↑
해남 녹우당, 안채의 좌우 부엌에 환기구가
각각 있는데 당시로서는 매우 드문 장치이다.

구례 운조루 고택은 사랑마당에서 안중문으로 들어가는 경사로 중간에
가랫굴이 있다. 아궁이에서 불을 때면 경사로에 숨어 있는 가랫굴로 하얀
연기가 스며 나와 마당 가득히 사랑채의 누마루 아래까지 그득 차게 된다.
주위에 굶주린 이웃이 없게 하려고 누구든 열어서 쌀을 가져가도 된다는
뜻의 '他人能解'라고 쓰인 뒤주를 둔 것과 굴뚝 높이 연기가 피어오르는
것을 경계하는 것은 가부장의 가치관을 보여주는 것이다. 마당에 연기가
그득하면 누마루가 구름 위에 뜬 것처럼 보이기도 했다하니 실용과 운치,
가치관까지 나타낸 굴뚝인 것이다.

해남 녹우당은 안중문을 들어서자마자 작은 화단이 만들어져 있고 그
안에 굴뚝이 있다. 나무를 심고 굴뚝을 둔 것은 중문을 들어서 안채가
바로 보이지 않도록 가리기 위해서라고 한다. 녹우당에는 안채의 부엌
지붕 위에 환기구가 설치되어 있다. 불을 때거나 음식을 만들면 생기는
수증기와 냄새, 연기를 빨리 빼주는 기능을 했는데 당시로서는 매우 드문
장치였다.

→
안동 번남고택. 안채
뒷마당에 솟아 있는 굴뚝.
여래개의 방에서 불을
때더라도 이 굴뚝을 통해
연기가 배출되도록 연도가
연결되어 있다고 한다.

외부공간 → 마당 → 굴뚝, 가랫굴

↑
성주 응와종택. 장독대에 담장을 둘러놓고
기와를 올렸다. 장독대를 소중하게 여기는
마음을 엿볼 수 있다.

5. 장독대

장독대는 뒷마당의 중요한 요소로, 음식에 사용하는 각종 장류를
보관하는 곳이다. 한 집안의 음식 맛은 장맛에 달려 있다고 할 만큼
한국인의 식생활에서 간장·된장·고추장은 중요하다. 해마다 제철에 장을
담가서 항아리에 담아 해를 묵혀 사용하는 재료라서 갈무리를 어떻게
하는가에 따라 장맛이 달라진다. 이때 날씨의 영향이 아주 크다. 해가 들면
뚜껑을 열고, 비가 오면 닫으면서 음식을 준비하는 여자들은 늘 장독에
신경을 써야 했다.

장을 비롯해 저장 음식과 마른 식재료를 항아리에 보관하기도 하므로
장독대에는 큰 것부터 작은 것까지 옹기 항아리가 즐비하였다. 여자들이
자주 드나들어야 하니 각종 장류가 보관된 장독대는 대개 부엌과 가까운
뒷마당에 두었다.

그늘이 지지 않고 햇볕이 잘 들도록 단을 쌓아 바닥을 높이고, 큰 항아리는
뒤에, 키가 작은 항아리는 앞에 두었다. 항아리는 크기가 다양하지만
대부분 배는 불룩하다. 뚜껑은 모양과 높이가 지방마다 차이가 있다. 얕은
뚜껑은 손잡이가 없으나 깊으면 손잡이가 있다. 단, 새우젓 항아리는
주둥이부터 바닥까지 배가 나오지 않고 폭이 같은 원기둥형이다. 항아리
뚜껑 위에는 호박·박·가지·고사리·토란줄기 등을 말리기도 하고, 고추·
가죽나물·김 등에 찹쌀 풀을 발라 부각을 말리기도 하였다.

뒷마당에 장독대 마련이 적당하지 않고 안마당에 햇볕이 잘 들고 넓을
때는 안마당에 장독대를 두기도 하였다.

↑
창덕궁 연경당. 사랑채와 선향재 사이에
석지가 놓여 있다. 평소에는 물을 그득히
담아 연꽃과 수련 등을 키우거나 달빛에 비친
경치를 간접 차경하여 즐기는 용도이었을
것이나 유사시에는 소방용수로 사용되었을
것이다.

6. 석물

반가의 마당에는 석지, 돌확, 하마석, 석주 등 여러 가지 석물들이 있다.

반가의 정원에 대한 이상은 집 앞에 네모난 연못을 파서 연꽃을 심고, 중앙에는 원형의 가산을 만들고 괴석을 놓아 석가산을 만들거나 수명이 길고 사철 푸른 소나무 등을 심는 것이다. 네모난 연못인 방지는 우주를 상징하고 석가산은 불로장생과 신선사상이 함축된 이상향을 표상한다.

그러나 모든 입지에 연못을 만드는 것이 가능하지 않으므로 석지를 마당의 한쪽에 두고 달이 비치는 모습을 감상하거나 연이나 수련을 심어 감상하기도 하였다. 차경이란 안에서 밖을 보고 가까이, 혹은 멀리 있는 경치를 끌어들여 감상하는 것이 기본인데 집안에 없는 것을 축소하여 석지에 담아 즐기는 것도 차경기법이다. 달이 뜨는 것을 고개 들어 직접 바라볼 수도 있지만 석지에 담은 물에 비친 달을 감상하는 것은 간접 차경인 것이다.

석지는 대개 장방형으로 돌을 다듬어 만드는데 경주 최부자댁에는 연꽃모양의 석지가 있다. 요석공주의 목욕통이었다는 설도 있지만 마당에 있으므로 석지라고 보아야 할 것이다.

풍수적인 보완을 위해 집안에 석지를 만들어 물을 담아 두고 필요할 때 소방용수로 쓰는 경우도 있다. 이러한 석지는 단지 물을 담아 화기를 없애거나 집의 기氣를 누르는 것이 목적이어서 간접 차경의 경지에는 이르지 못하는 위치에 있다.

돌확은 돌의 가운데를 움푹 파서 만든 것인데 용도에 따라 물확이라고도 한다. 부엌 앞이나 우물가, 뒷마당에 놓여 무엇인가를 갈아내는 용기로 사용되는 돌확도 있고, 마당에 놓아 빗물을 받거나 그 안에 물을 담아 수련이나 부레옥잠 등을 심어 두거나 건물 앞에 두고 손을 씻는 용도로 사용하는 물확도 있다. 구례 운조루 고택의 사랑채 기단 위에는 자연석을 파낸 돌확이, 안채의 댓돌 한쪽에는 장방형으로 다듬은 돌확이 있는데 각각 씻는 용도로 쓰였다고 한다.

↑↑
보성 이진래 고택. 우물가에 돌확들을 모아
두었다. 곡식을 갈기 위한 돌확도 보이고 물을
담아두고 수초를 심은 물확도 보인다.

↑
함양 일두고택. 안마당 우물가의 돌확은 적은
양의 곡식을 찧거나 양념과 소금 등을 빻는다.
내부의 정교함이 달라 고운 것과 거친 것을
구분해서 쓰도록 두 개가 마련되어 있다.

돌확은 뒷마당·우물가·방앗간에서 무엇인가를 찧거나 빻는 용기로 쓰이기도 하지만, 마당과 정원의 장식 요소가 된다. 따라서 돌확은 자연석을 파서 투박하게 만들기도 하지만 문양을 새겨 넣어 장식성을 더한 것도 있다.

사람이 서서 작업할 수 있을 만큼 아래를 높인 것은 돌절구라고 부르고 무엇을 빻거나 찧는 데 사용하였다. 연자방아의 곡식을 넣는 부분도 돌확으로 되어 있다. 농경시대에는 곡식을 찧거나 빻고 갈아서 음식을 만드는 데 꼭 필요한 기물이 돌절구였다. 절구에는 허리를 잘록하게 깎은 나무공이가 주로 쓰였지만, 낮은 돌확에는 돌로 만든 돌공이나 옹기로 만든 옹기공이를 이용하여 문질러서 갈아내도록 만들었다. 돌확은 단단한 화강암으로 만들고 돌공이나 옹기공이는 무게가 있어서 쉽게 빻거나 갈아낼 수 있었다.

하마석이란 사대부들이 말을 타고 내릴 때 밟고 오르내리는 디딤돌이다. 노둣돌이라고도 한다. 보통 네모나게 다듬어 만드는데 계단으로 된 것도 있다. 창덕궁 연경당 사랑채 앞에는 화강암을 잘 다듬은 하마석이 있다. 영광 매간당 고택에도 대문인 삼효문 오른쪽에 계단으로 다듬은 하마석이 있는데 창덕궁 연경당과는 계단의 방향이 정반대이다.

예산 추사고택에는 사랑채 전면에 '石年'이라고 쓰인 작은 비석 같이 생긴 석주石柱가 있다. 이 석주는 해의 움직임에 따라 그림자를 보고 시간을 파악하는 일종의 해시계였다고 한다. 석주 윗부분에 구멍이 나 있어서 이곳에 막대를 꽂아 그 그림자로 시각을 파악했던 것으로 추정된다. 글씨는 추사의 아들이 추사체를 집자하여 새겼다고 한다.

↑
←
구례 운조루 고택. 안채에 있는
돌확. 안채 정침 댓돌 위 돌확은
세수를 하기 위한 용도로 물을
버릴 수 있도록 아래에 구멍이
뚫려 있다.

120

↑
영광 매간당 고택. 대문인 삼효문 밖 오른쪽에
층계형 하마석이 놓여 있어 말에 오르내리기
위한 용도로 사용되었다.

외부공간 → 마당 → 석물

↑
안동 군자정. 군자정 앞에 있는 돌확은 높지만
깊이는 얕다. 이 돌확에는 물을 담아두고
횃불을 끄는 용도로 사용했다고 한다.

↑
→
예산 추사고택. 사랑채 앞에 해시계용 석주가
있는데 글씨가 새겨져 있고, 위에 나무 막대를
꽂았을 것으로 보이는 작은 구멍이 있다.

　　　　외부공간 → 마당 → 석물

채나눔과 담장

안동 병곡종택. ㅁ자형 정침에 사랑채가 붙어 있는 형국이다.

↑
안동 지촌종택. 대문채를
들어서면 사랑채와 정침이
'ㅁ'자를 구성하고 있다.

←

안동 번남고택.
사랑중문으로 사랑채에,
안중문으로 안채에
들어가지만 안행랑채의
고방 옆으로 난 통로
끝으로 들어가서 문을
열면 사랑채의 툇마루로
연결된다.

1. 채나눔

채나눔이란 정침과 익랑으로 몸채를 구성하던 살림집이 사회문화적인
요인에 의해 분화되어 안채와 사랑채 등으로 나뉘는 것을 의미한다. 채가
나뉘면서 채와 채 사이는 사주문 혹은 일각문의 형태로 중문을 두어
연결되었다. 완전히 별개의 채로 분화되는 경우에도 일부가 연결되어
있다. 외부인의 눈에는 완전히 분리된 듯 보여도 연결마루가 있거나
쪽마루가 달린 사랑방문이 안채로 열릴 수 있도록 하거나, 곳간 옆으로
통로가 있거나 수수깡으로 가려둔 사잇길이 있거나 하는 방식이다.
안채와 사랑채는 관념적 예의 내외구조로 분리되어 있으나 기능적으로는
연결되어 있다.

채가 여럿인 한옥에 사랑채와 안채는 반드시 있으나 중문채와 대문채는
행랑채와 구분하여 부르거나 모두 행랑채로 불리기도 한다. 그 외에도
별당채, 책방채, 사당채, 곳간채 혹은 광채 등이 있다.

채를 나누어 집의 규모를 확장해도 가사제한이 있으므로 칸수를 무작정
늘릴 수는 없다. 민간에서는 99칸 이상을 지을 수 없다는 구전이 있다.
그러나 가사규제를 보면, 대군이 60칸이고, 2품 이상이 40칸, 2품 이하
30칸으로 제한하고 있으므로, 반가라고 하더라도 30-40칸 이상은 지을
수 없었다. 그런데 1897년 경남 의령군 호구조사표를 보면, 실제 칸수와
기록된 칸수가 다르지만 부엌과 부속사를 제외하면 일치한 예가 있다.
이로써 칸수 규제 시에도 방과 마루 칸수만 제한했을 가능성이 있고,
부속사까지 합하여 99칸에 이르는 규모의 살림집이 더러 있는 연유를
유추할 수 있게 한다.

↑
안동 관물당. 송암구택의
사랑채와 안채, 큰사랑채인
관물당의 전경이다.

←
정읍 김명관 고택. 맨
아래쪽이 대문채이고
안행랑채와 안채가 ㄷ자로
마주 보고 있다. 왼쪽에
안사랑채, 오른쪽에
사랑채가 있다.

2. 홑집, 겹집

용마루 아래 평면을 일렬로 배치한 집은 홑집이다. 툇간이 붙어 있어도 홑집인데 툇간은 전퇴, 후퇴, 전후퇴가 붙기도 한다. 홑집은 채광과 통풍에 유리하므로 남서부 평야지역에 많다. 용마루 아래 평면이 앞뒤로 중첩되어 배치되어 있는 집을 겹집이라고 한다, 보온에 유리하므로 북동부 추운 산간지역에 많다. 홑집은 一자 집에서 ㄱ자 집, ㄷ자 집, ㅁ자 집 등으로 평면이 확대된다. 정침 부분만 겹집으로 하고, 나머지 공간은 홑집으로 잇대어 건축하는 경우도 있다.

한반도는 지역에 따라 기후 차이가 있어 추운지방에서 보온에 유리한 겹집이 발달되었지만 따뜻한 남부지방에서도 대규모 한옥에서 정침을 겹집(나주 남파고택, 안동 하회마을 화경당 고택, 상주 양진당)으로 만든 예가 발견된다. 이는 홑집만으로 내부공간을 키우기 어려워 겹집으로 만든 것으로 보인다.

↑
안동 향산고택. 안채는 ㄷ자 집인데
맞배지붕으로 겹쳐서 구성하여 회첨골이
없다. 사랑채는 맞배지붕 一자 집이다.

3. 一자 집, ㄱ자 집, ㄷ자 집

기둥과 기둥 사이를 1칸이라 한다. 1칸은 대략 1.6평(1평=1.8m×1.8m)
정도지만 신분계급에 따라 부재의 크기에 제한이 있었으므로 한 칸의
크기가 3.8평에 이르는 것도 있었다고 한다. 칸수가 같다 하더라도
쓰이는 부재의 크기에 따라 공간의 실제 크기는 달랐음을 알 수 있다.

一자 집은 평면이 一자인 집이다. 一자 집은 대체로 홑집이지만 전후
툇간들이 붙기도 하여 내부 규모는 다양하다. 한 칸의 크기는 기둥과 기둥
사이이므로 사용한 부재의 크기에 따라 규모는 달라진다. 전후퇴까지
있다면 一자 집이라도 규모가 상당히 커진다.

一자 집의 규모를 키우려면, 기둥과 기둥 사이를 마냥 크게 하거나 칸을
마냥 길게 이을 수 없으므로 一자 집에 一자 집을 더하여 쌍채집으로
만들거나, ㄱ자 집이나 ㄷ자 집으로 만들 수밖에 없다. 정침은 남향에
두더라도 꺾인 부분은 남향이 아니므로 동향이나 서향 빛을 고려해야
한다. 대개 방은 남향이나 해가 뜨는 동향에 배치하고, 부엌과 같은
작업공간은 해가 지는 서향에 배치하여 자연광을 최대한 활용하였다.

남부지방에서는 통풍이 잘되도록 홑집을 선호였으므로 공간의 규모를
키울 때 ㄱ자나 ㄷ자로 홑집 평면을 구성하는 것이 더 합리적이었을
것이다. 이는 조선 중기 이후의 신분과 남녀, 장유를 구분하여 거주공간을
배치하였던 사회문화적인 여건에 맞추기에도 유리한 평면구성이다. ㄱ자
집은 곱은자 집이라고도 부른다.

몸채는 대개 건물을 하나의 팔작지붕으로 만들거나 혹은 잇대는 부분에
박공지붕이나 눈썹지붕을 추가하여 다양하게 구성했다. ㄱ자나 ㄷ자가
되면 꺾이는 부분은 회첨會檐이라 하고 지붕골을 1개 혹은 2개를 만들어
직각으로 꺾일 수 있도록 회첨골을 만든다. 경사졌지만 직선으로 내려와
방향만 틀어주므로 회첨추녀는 곡선을 주지 않고 직선적이다.

↑
상주 양진당. 정침 부분은
겹집인데 홑집인 익랑과 대문채와
이어져 ㅁ자 집을 구성하고 있다.
전체적으로 맞배지붕이다.

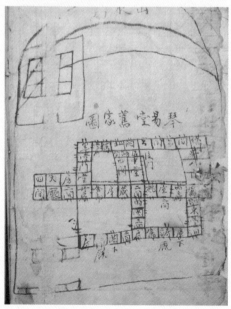

←
금역당구가도 도면. 1558년에
지어진 종가의 도면에는 16세기
조선 중기에 마루 비율이 높았던
것이 반영되어 있다. 사랑舍廊
이라는 명칭이 있는 것으로 보아
안채와 사랑채의 분화는 이미
이루어지고 있다. 윗부분은 日
자형과 ㅁ자 마당을 중심으로
홑집과 겹집 구성이 평면도에
나타나 있어 현재의 구성과는
많이 다르다.
─ 사진 한국국학진흥원 제공.

4. ㅁ자 집, 튼 ㅁ자 집

꺾인 부분의 지붕구조가 복잡해지기는 하지만 집의 규모가 커지면 ㅁ자 구조가 효율적이다. ㅁ자 집은 안채와 부속사로 이루어지기도 하고, 사랑채와 함께 구성되기도 한다.

번잡한 교통로 주변의 서민주택에 ㅁ자 집이 많은 것은 외부로부터 집안을 보호하기 위한 방어목적에서 자생적으로 나타난 형태이다. 그러나 너른 터에 자리 잡은 상류 주택은 여러 채로 구성되어 있음에도 안채가 ㅁ자 집으로 구성된 예가 많다. 낙동강 서안보다는 동안의 영남 사림파의 세거지에 특히 그런 예가 많다. '남자는 밖에, 여자는 안에 거주하여 내외지법을 대변한다男子居外 女子居內 辨內外'는 유교적 예의 원칙에 따라 남녀유별을 공간으로 더욱 공고히 하려는 의지가 강했음을 알 수 있다. 이는 조선 중기를 거쳐 후기에 이를수록 더욱 강화된 안채의 평면구성 방식이었을 것이다.

지붕이 일부 분리되어 있어 완벽하게 ㅁ자로 이어져 있지는 않지만 안마당이 네모난 집을 튼ㅁ자 집이라고 한다.

↑
창덕궁 연경당. 안채로 들어가는 평대문
형식의 수인문, 좌우는 사고석담으로 쌓았다.

5. 사고석담

방형의 사괴석四塊石을 쌓아 만든 담장을 사고석담四塊石墻이라고 한다.
사괴석은 한 변이 5-6치(약 15-18cm)의 정방형 돌인데 한 사람이 네
덩이는 들 수 있는 크기라 하여 사괴석이라고 한다. 이는 조선 후기의 운반
표준화가 반영된 근대건축에서 나온 것이므로 사고석담이라는 이름의
유래가 길지 않음을 알 수 있다.

사고석담을 쌓으려면 공임이 많이 들어 사가에는 허용되지 않았다고
한다. 돌을 쌓는 방법은 대개 회반죽을 내밀어 막힌 줄눈으로 쌓는다.
사고석담의 하부에는 장대석을 2-3단 놓고 사괴석을 쌓는 경우가 많고,
위는 그보다 얇은 돌이나 전돌을 쌓아 시각적인 안정감을 꾀하는 것이
일반적이다.

↑
대구 남평문씨 본리세거지. 구불구불한 돌담
길에 능소화가 걸쳐 있다.

6. 돌담, 와편담, 꽃담

1 십장생

불로장생을 상징하는 10
가지를 말하는데 해·달·산·
내·대나무·소나무·거북·
학·사슴·불로초를 말하기도
하고, 해·돌·물·구름·소나무·
대나무·불로초·거북·학·산을
일컫기도 한다. 도교의 영향을
받아 불로장생의 염원을 자연과
동식물에서 표상하는 것이다.

2 사군자

네가지 식물을 덕과 학식을
갖춘 군자에 비유하여
사군자라 한다. 매화는 추위를
무릅쓰고 제일 먼저 꽃을
피우고, 난초는 은은한 향기를
멀리까지 퍼뜨리고, 국화는
가을의 첫 추위를 이겨내어
피고, 대나무는 추운 겨울에도
푸르름을 계속 유지한다 하여
매난국죽을 사군자라 하고
문인화의 소재로 이용하였다.

사대부가의 담장은 대개 돌담이나 와편담이다. 옥수숫대나 싸리, 대나무 등을 엮어 바자울이나 흙을 사용한 토담도 부분적으로 쓰인다. 토담은 빗물에 약하므로 돌을 섞거나 푸석푸석한 돌이 많이 섞인 석비레나 백토 등을 섞고, 위에 지붕을 씌워 유실을 방지한다. 돌각담은 흙을 사용하지 않고 돌만 쌓아 만드는데 사대부가에서는 잘 사용하지 않고 농촌이나 해안가, 제주도 민가의 담으로 쓰였다. 막돌담은 풍화된 막돌을 쌓고, 사이사이에 흙이나 석회를 넣어 쌓는데 토석담이라고도 한다.

와편담은 암기와의 사이사이에 흙을 넣고 쌓아 담을 만드는 것인데, 담 전체를 와편담으로 만들기도 하고 돌담이나 사고석담 위에 와편담을 쌓기도 한다. 담장의 위에는 기와지붕을 올린다.

한옥의 담은 직각이나 직선보다는 구불구불하게 쌓는다. 구불구불하게 쌓으면 담장이 좀더 견고하고 오래 가는 장점도 있고 나름의 정취가 있다. 담장 위에는 호박과 박이 열리기도 하고 집안의 온갖 나무들이 담장과 어울려 계절마다 다른 정취를 선사한다. 담장 사이사이 잡초가 자라거나 담장 위 지붕에는 이끼가 끼기도 하고, 능소화가 걸쳐 피어나기도 해서 구불구불한 자연의 정취가 물씬 풍기는 골목길의 정서를 만든다.

담장을 아름답게 꾸민 것을 꽃담 혹은 화초장·화초담·화문장· 영롱장이라고도 한다. 꽃을 넣어서라기보다는 문양을 넣어 장식을 했다는 의미이다. 담장뿐 아니라 벽체, 지붕의 합각, 굴뚝에도 무늬를 넣어 장식하면 꽃담이라고 한다.

꽃담을 만들 때는 가족과 가문의 염원을 새겨 넣었다. 누세동거를 하며 가문의 번영과 영속성을 추구하던 조선시대에 일상생활이 펼쳐지는 집은 가부장의 가치관과 염원을 표현할 수 있는 대상물이었기 때문이다. 공부를 열심히 하라는 염원에서 공工자를 새겨 넣은 예(상주 대산루)도 있다. 재료는 와편이나 색돌을 이용해 꾸미기도 하고, 전돌로 무늬를 만들거나 회벽에 그려 넣는다.

길吉·희囍·수壽·복福 등의 글자를 넣기도 하고, 凹凸문양, 卍자 문양, 다산을 상징하는 포도, 연꽃, 혹은 십장생十長生[1]과 사군자四君子[2]를 새겨 넣기도 한다. 화려한 꽃담은 주로 궁궐 담장에 만든다.

↑ ↑
영광 매간당 고택. 사랑채 뒷마당에 돌과
와편을 섞어서 담을 만들고 기쁠 희囍자를
새겨 넣었다.

↑
안동 하회마을 염행당 고택. 와편으로 기쁠 희
囍자를 무늬를 넣어 꽃담을 만들었다.

↑
상주 대산루. 2층 누각으로 오르는 돌계단
앞 벽에는 공工자 꽃담이 있는데 공부하는
공간이란 의미가 담겨 있다.

외부공간 → 채나눔과 담장 → 돌담, 와편담, 꽃담

↑
안동 허백당종택. 내외담이 와편으로 쌓은 쪽담으로 되어 있다. 안쪽에서는 밖을 볼 수 있도록 구멍이 뚫려 있다.

←
청송 송소고택. 대문채와 사랑채 사이를 가리는 내외담이 ㄱ자 형태의 헛담으로 되어 있다.

7. 내외담

안채 중문에 아래를 틔워 나무로 만드는 내외벽과는 달리 내외담은
마당에 세워 시선을 가리는 담장이다.

원래 담장이란 무엇인가를 가리거나 보호하기 위한 목적으로 설치된다.
헛담의 '헛'은 '이유 없는' 혹은 '보람 없는' 이라는 뜻이니 실제로 보호할
수는 없는 담이라는 의미가 내포되어 있다. 그래서 헛담은 양쪽이 틔어
있어서 시선만을 가릴 뿐이다. 청송 송소고택의 헛담은 사랑채 기단에
붙여 길게 세웠다. 안채에 갈 때 사랑채에서 보이지 않게 들어 갈 수
있도록 내외담의 기능을 한다.

쪽담은 전체를 두른 담이 아니고 한쪽이 틔어 있거나 부분적으로 이어져
있는 규모가 작은 담장이라는 의미이다. 안동 허백당 종택에는 내외담의
기능으로 쪽담을 만들고, 눈높이에 구멍을 파 밖을 살필 수 있도록
만들었다. 경주 양동마을 송첨종택 사랑채 한쪽에도 안채 쪽을 가리기
위한 아주 폭이 좁은 쪽담으로 만든 내외담이 있다.

↑
청송 송소고택. 사랑채쪽 담장에 구멍 모양이
6개가 보인다.

↑↑
청송 송소고택. 안채쪽 담장에 구멍 3개가
뚫려있다

↑
청송 송소고택. 안채와 사랑채 사이에
구멍담이 있는데 안채에서 보면 구멍이 3개가
있고, 사랑채에서 보면 6개가 있다. 안채에서
사랑채를 방문한 손님을 파악하기 위한
것이다.

II. 내부공간

방과 마루

→ 1. 안방

→ 2. 사랑방

→ 3. 건넌방

→ 4. 윗방, 웃방

→ 5. 침방

→ 6. 아랫목, 윗목

→ 7. 안대청

→ 8. 사랑대청

→ 9. 누마루

→ 10. 고상마루, 툇마루, 쪽마루

정읍 김명관 고택. 기둥을 사이에 두고 넓은 쪽은 문, 좁은 쪽은 머름 위에 창으로 만들었다.

↑
안동 하회 양진당. 안방의 아랫목 쪽에 수평
벽장문과 수직의 다락문, 옷을 걸어 둔 횟대가
조화롭다.

1. 안방

1 툇간

기둥과 기둥 사이로 이루어진 주 칸을 넓히고자 기둥 밖에 툇기둥을 설치하고 반 칸 정도 덧달아 낸 칸을 말한다. 툇간은 웃방이 되기도 하고, 통로 공간이 되기도 하며, 개방하여 마루를 깔면 툇마루가 된다.

2 온돌

아궁이에 불을 때면 고래를 통해 방 전체에 온기가 전해지는 한옥 고유의 복사난방 장치이다. 고래 위에 놓인 널찍한 돌이 구들장이라서 흔히 구들이라고도 부른다. 고래의 형태는 지역에 따라 넓이도 다르고 높이도 다르며 직선이기도 하고 부채꼴로 놓기도 한다. 한반도의 온돌은 고구려 가난한 사람寒民의 장갱長坑에서 유래하였고, 온방溫房, 난돌煖堗, 욱실煜室이라는 용어로 기록에 남아 있다. 러시아의 벽을 덥히는 장치인 페치카. 고래가 없이 바닥을 덥혔던 로마의 하이퍼코스트와는 확연히 다른 한반도 고유의 난방방식이다.

3 보료

요를 두껍게 만든 것으로 안석·장침·단침(혹은 사방침)으로 구성되어 있고 그 앞에는 방석을 둔다. 안방에는 안석과 장침을 두지 않고 단침만 두었다고 한다. 그러한 풍습이 세간에서 회자되는 이유는 안석은 기대기 용도이고, 장침은 누울 때 베개로 쓰는 용도이므로 여자는 기대지도, 눕지도 말라는 의미라고 한다.

4 인두

불에 달구어 옷의 솔기나 모서리 구김살을 펴기 위해 사용하는 도구이다. 보통 화롯불에 달구는데 한복을 바느질할 때 꼭 필요하다.

한옥의 가장 중요한 공간은 방과 마루이다. 방은 위치에 따라 안방·건넌방·윗방·아랫방이라 부르고, 그 방을 누가 사용하는가에 따라 사용자의 침실이 되기도 하고, 일상의 모든 것을 수용하는 공간이 되기도 한다. 따라서 한옥에서의 방은 전용성이 극대화되는 공간이다.

특히 안방은 안주인의 거처로서 대청을 통해 드나들며, 대청까지 연장선에서 사용할 수 있다. 안방은 집안에서 가장 영향력 있는 안주인, 즉 종가에서는 종부의 공간으로 직계 존비속 이외에는 출입이 통제된다.

살림을 총괄하는 안주인의 공간이기에 안방에는 수납을 위한 확장 공간이 많다. 부엌 위쪽을 활용한 다락이 붙어 있어서 안방에서 출입이 가능하다. 또한 안방에는 따로 비밀스런 수장 공간을 두는 경우도 있어서 집안의 귀중품을 보관할 수 있다. 정읍 김명관 고택의 안방에 붙어 있는 툇간[1]에는 커다란 궤가 놓여 있다. 궤를 밟고 천장의 한쪽을 들어 열고 올라가면 천장과 지붕 사이에 빈 공간이 있는데 외부인은 그 곳의 존재를 알기 어렵다. 견고함을 위해 안방 천장은 특별히 우물반자로 만들고 종이를 발라 두었다.

한옥에서 한 칸의 크기는 기둥과 기둥 사이로 그리 넓지 않으므로 툇간을 두기도 하고 아래 윗방의 2칸으로 만든다. 툇간에는 우물마루를 깔아 웃방으로 만들고 궤·장·농·반닫이를 두어 옷가지와 침구를 수납했다. 온돌[2]로 되어 있는 안방은 아랫목에 보료[3]를 깔고, 근처에 머릿장과 문갑을 둔다. 또 경대와 반짇고리, 등잔 등의 소품을 놓는다. 겨울에는 바람을 막아주는 병풍과 화로를 두었다. 화로는 물을 끓이기도 하고, 웃풍이 있는 방에 온기를 더하기도 하지만 바느질을 할 때 필요한 인두[4]를 달구어 쓰기 위해서도 필요했다.

↑
안동 하회 충효당. 사랑방의
웃방도 장지문을 단
온돌이고 이곳에 사방탁자와
문갑을 두었다.

→
안동 하회 충효당
사랑대청에서 어르신들이
바둑을 두고 있다.

2. 사랑방

한옥에서 방은 사용자와 위치에 따라 명칭이 부여된다. 사랑대청과
이어진 사랑방은 사랑어른이라고도 불리는 가부장의 공간으로 사용자가
명시되어 있다. 대개 사랑방은 장지문으로 연결된 윗방까지 두 칸으로
되어 있고, 대청과 사이에는 격식이 있는 불발기문을 다는 등 가장 권위가
있고 아름답다.

사랑방 아랫목에는 병풍을 두르고, 보료 위에 장침, 단침과 안석을 두었다.
가구로는 사방탁자와 문갑, 서안과 연상을 두고, 벽에는 고비를 걸었으며,
건너편에는 손님을 위한 방석을 놓았다. 윗방에는 책장과 의걸이장이
놓인다. 이처럼 사랑방은 가부장의 일상생활 공간이기도 하지만 손님을
맞이하는 공간이라는 것을 알 수 있다.

사랑방의 불발기문은 두 짝, 혹은 네 짝짜리 들어걸개 분합문으로 만들어
여름에는 두 짝씩 접어 올려서 걸쇠에 걸어두면 방에서 대청까지 한
공간으로 사용할 수 있다. 사랑방에서 마당 쪽으로 나 있는 창은 머름 위에
설치된다. 창을 열어 놓아도 누워 있는 모습이 마당에서 보이지 않을
뿐더러 앉아서 팔을 올리고 밖을 내다보기에도 적당한 높이다.

대개 가부장은 사랑큰방, 장자는 사랑작은방을 사용했다. 종신형
가계계승을 했던 정읍 김명관 고택 사랑채는 사랑큰방과 작은방의 위계가
뚜렷하다. 사랑큰방은 더그매를 비밀 수장 공간으로 쓰기 위해 두 칸
크기의 사랑방 위에 우물천장을 가설했으나 수련 중인 장자가 사용하는
사랑작은방은 지천至賤[1]을 베푼 한 칸 크기의 검박한 방으로 만들었다.
종신형 가계계승을 하므로 시집와서 성취지위를 획득해야 하는 며느리와
시어머니의 공간이 완벽히 동등했던 것과는 사뭇 다르다. 이는 부자간에
가부장제의 가계계승자로서 수련기간을 거쳐야만 한다는 가문의식이
혈연관계인 부자간에 교감되기 때문으로 보인다.

은거형 가계계승을 하는 함양 일두고택은 사랑채 누마루 안쪽에 장자의
침방을 마련해 두어 북쪽으로 난 창을 열면 안마당과 통하게 되고
툇마루도 붙어 있어 은밀한 왕래가 가능했다.

1 지천
천장에 지천을 베풀었다 함은
수수깡이나 싸리나무 등의
흔하고 하찮은 재료로 천장을
엮고 종이를 발라 울퉁불퉁하여
검박함을 드러내게 만들었다는
뜻이다.

↑
안동 번남고택. 위 상방과 아래 상방 사이에
작은 대청이 따로 마련되어 있다.

3. 건넌방

1 달묵이, 해묵이

조선 중기 명종대에 이르러
반친영으로 절충되고 나서
처가에서 혼례를 치른 후 그
달을 넘기면 달묵이, 그 해를
넘기면 해묵이하고 나서 여자가
시집으로 들어가는 풍습이
정착되었다.

신사임당이 강릉 오죽헌에
살았던 시기는 반친영이
정착되기 이전이다.
친정에서 4남 3녀를 낳고
근 20년을 살다가 38세에
파주의 시댁으로 갔다. 같은
강릉지역에서 태어났던
허난설헌은 허균과 동등하게
교육받은 시인이었지만 혹독한
시집살이로 자질을 제대로 펴지
못하고 요절하였다. 동생인
허균에 의해 중국에 시집이
전해져 사후에 시인으로 이름을
떨쳤다.

2 시집살이

시집살이를 하는 며느리의
입장은 부요婦謠와 속담에
많이 나타난다. 조선 후기
이옥의 글이 있다. '사경이면
일어나 머리를 빗고四更起梳
頭 오경이면 일어나 시부모님
인사 올리네伍更候公姥,
맹세컨대 친정집 돌아간 뒤엔
誓將歸家後 먹지 않고 온종일
잠만 자리라不食眠日吞'고
어려운 시집살이를 묘사한
글이다.

건넌방은 대개 안채 안방의 대청 건너에 있는 방이라는 뜻인데
안동지역에서는 모방이라고 부르고, 모방 아래 쪽 노인이 거주하는 방은
상방上房이라고 부른다.

안방은 시어머니가 거처하고 건넌방은 대개 며느리가 거처한다. 며느리는
반친영이 정착된 조선 중기 이후, 친정에서 혼례를 치르고 달묵이, 해묵이[1]
를 한 후에 시집으로 갔다. 그 이후에는 부모상을 당해도 1백리 밖이면 갈
수가 없고, 시집살이[2]를 해야 했다. 조선 중기 이후의 종가에서는 사당이
있어 집을 쉽게 옮기지 못하고 누세동거가 보편화되어 한 집에서 평생
살았다. 하지만 가계계승방법에 따라 사용하는 방의 이동 경로가 달라졌다.

종신형 가계계승이면 며느리는 시어머니가 돌아가실 때까지 안방 차지를
못하고, 건넌방에서 기거해야 했다. 그러나 은거형 가계계승일 경우에는
남편의 벼슬이 높아지면서 적절한 시기에 가계계승을 받고 아내는
안방으로 거처를 옮기고 곳간 열쇠도 관장한다. 그러다가 아들이 장성하여
관직이 높아지면 다시 안방과 곳간 열쇠를 큰며느리長子婦에게 물려주고
부부가 같이 안사랑채로 은거하게 된다. 즉, 건넌방은 종부가 되어 안방을
차지 할 때까지 거쳐 가는 공간이고 대기하는 공간이다. 며느리가 자녀를
낳아 기르는 동안에는 거의 건넌방에 기거하게 되는데, 새로 출산을 하면
같이 있던 자녀를 안방이나 아랫방으로 보내게 된다.

경주 양동 송첨종택은 청송사람 손소가 서류부가혼을 하여 성종 15년
(1454)에 지은 집이다. 안채 건넌방은 머릿방이라고 부른다. 건넌방은
평소에는 며느리들이 거처하다가 딸들이 출산하러 오면 묵는 방이어서
손씨 가계의 우재 손중돈과 외손인 회재 이언적이 이 방에서 태어났다. 이
방에서 '세 번째로 훌륭한 인재가 태어날 것이라는 믿음三賢先生之地'이
전해져 내려오기 때문에 그 후로는 며느리들만 이 방에서 출산하게 하였다.
딸들이 이 방에서 출산하지 못하도록 했던 것은 가부장제도가 확립된
이후에 손씨 가계에서 훌륭한 아들이 태어나길 바라는 마음에서 만든
풍습일 것이다. 안동지방에는 훌륭한 후손이 태어나기를 바라는 염원으로
혈자리를 며느리가 거처하는 건넌방에 맞추었다는 설도 전해진다.

↑
안동 하회 충효당. 모방이라고 부르는
건넌방은 시집온 새댁이 사용하던 방이다.

↑
안동 하회 충효당. 모방이라고 부르는 건넌방
입구엔 부창부수夫唱婦隨라는 입춘방立春
榜이 붙어 있다.

내부공간 → 방과 마루 → 건넌방

정읍 김명관 고택. 안방의 툇간에 마련된
웃방에서 부엌과 소통하고, 커다란 궤가
놓여 있어 이를 밟고 더그매에 만들어진
비밀 수장 공간에 올라갈 수 있다. 튼튼한
우물반자가 설치되어 있다.

↑
안동 하회마을 화경당 고택. 화경당의 별채인
북촌유거 안의 방인데, 똑같은 크기의 방이 네
개가 있다.

4. 윗방, 웃방

1 장 · 농
장은 아래위가 붙어 있다.
전면의 여닫이문이 2단이면
2층장, 3단이면 3층장이고
아래에는 다리가 있고 위에
개판이 붙어 있다. 농은 개판이
없고 분리되어 있어서 2층 혹은
3층으로 포개어 둘 수 있고
나란히 둘 수도 있다.

2 반닫이
앞면의 반쪽이 앞으로 열리는
궤가 반닫이이다. 지역에
따라 모양이 달라 지방 이름을
붙이기도 하고 장식과 용도,
형태에 따라 이름을 붙이기도
한다.

두 칸으로 되어 있는 방의 사이장지 위쪽에 있는 방은 윗방이라고 한다. 윗방이 아랫목에서 멀리 떨어져 있으므로 여기에 수납용 가구들을 놓고 사용한다. 아랫방과 윗방 사이에 장지문을 달고 사용자가 다른 경우도 있다. 윗방에 군불아궁이가 따로 있어 별도로 난방을 한다.

웃방은 방에 이웃하여 툇간에 있는 방이고, 한옥에서 붙박이 수납은 벽장과 다락방 밖에 없으므로 웃방은 안방의 확장공간으로서 수납도 하고 유용하게 활용할 수 있는 공간이다. 웃방의 활용방식은 겹집과 홑집이 다르다. 홑집에서는 툇간에 우물마루를 깔아 웃방을 만들고, 이층장欌·삼층장·농籠[1]·반닫이[2]를 놓아두고 수납공간으로 사용하는 경우가 많다. 요와 이불은 개어서 2층장 위에 올려두고, 한복은 평면적인 의류이므로 차곡차곡 개어서 2층장이나 3층장, 혹은 농에 넣어둔다. 반닫이는 전면의 반이 열리는 궤이다. 이러한 수납장들은 개어서 차곡차곡 얹어두므로 아래에 있는 것을 꺼내려면 위에 있는 것을 들어내야 하지만 많은 의류를 수납할 수 있다.

안방과 웃방, 윗방과의 사이에 있는 장지문을 열어두면 공간감이 확장되어 넓게 느낄 수 있다. 안동 하회마을 화경당 고택은 겹집이므로 아랫방·윗방·안방·웃방이 두 칸씩 연이어 네 칸으로 되어 있다.

↑
안동 하회 충효당. 안방인데 윗방에서
이랫방을 본 광경이다.

내부공간 → 방과 마루 → 윗방, 웃방

↑
함양 일두고택. 광채 앞에서 본 사랑채의
뒤편인데 툇마루가 달린 방이 침방이다. 이
침방은 사랑채의 전면에서는 보이지 않는다.

5. 침방

1 예의 구조
한옥에서 유교적 관념을
적용한 구조를 말한다.
물리적으로는 대문이 가장
견고하고 그 다음에는 중문>
안채>안방의 순서이다. 심지어
방의 창호지는 손가락으로도
뚫을 수 있다. 그러나 유교적
관념구조는 안으로 들어갈수록
견고하여 대문은 과객에게도
열리나 안중문부터는
직계존비속이 아니면 넘기
어려우며, 안채의 대청에
오르고 안방에 들어갈 수 있는
사람은 더욱 제한된다.

조선 초기 태종 때 부부별침夫婦別寢을 명한 후, 세조 때 침방을 설치한
기록이 있고, 실질적으로 가옥구조에 반영된 것은 기록으로 보아 조선 중기
연산군 이후였을 것으로 추정된다.

조선은 일부일처제였으나 처첩의 지위가 출신에 따라 다를 뿐
일부다처였던 고려시대의 풍습이 조선 초기에는 어느 정도 남아 있었을
것이다. 조선 초기까지는 풍수에 따라 사당을 부수거나 집을 옮기는 예도
기록에 나오고, 안채와 사랑채가 별개의 담장을 가진 별개의 채로
구별되지도 않았다. 왕실에서 친영을 권유하며 모범을 보여도
사대부가에서는 서류부가혼이 흔히 자행되어 사위에게 재산을 물려주는
일이 흔하였다. 명종조에 이르러 비로소 반친영으로 절충되면서 시집을
가면 가계를 계승할 아들을 낳는 것이 적처의 가장 중요한 의무가 되었다.

성종 9년(1478) 실록에는 대군大君의 가사家舍에 침루寢樓의 부재 크기를
제한한 기록이 있으나 그 이하 신분에는 언급이 없다. 장자를 우대하고
봉사조奉祀條를 더하여 불균등하게 상속하면서 가부장제도가 확립되었고,
가문의 가장 권위 있는 가부장공간인 사랑채는 안채로부터 분리된다.
이처럼 조선 중기 이후부터 사랑채에 침방을 두는 평면으로 변해간 과정을
짐작할 수 있게 한다.

사랑채에 침방을 따로 둔 예는 함양 일두고택에서 발견되는데 1570년
건축이므로 조선 중기 명종조에 이르러 반친영으로 절충된 이후의 습속을
반영한 평면구성이다. 침방은 장자가 사용했다고 한다. 이 침방의 여닫이
창호를 열면 안마당으로 연결되는 광채 앞마당으로 열리게 되어 있고
툇마루도 붙어 있어 중문이 잠겨 있어도 드나들 수 있다. 외부인에게는
안채와 사랑채가 격리된 듯 보인다. 관념적으로는 성리학적 예禮의 구조[1]를
따르고 있으나 실생활에서는 실용적인 장치가 적용되었음을 알 수 있다.

↑
안동 계상고택. 안방과 웃방 사이를 넉살무늬
미닫이문으로 구분해 두었다. 안방 아랫목이
뜨거워서 장판이 탔다.

6. 아랫목, 윗목

방의 바닥이 온돌일 때, 아궁이가 가까운 쪽이 아랫목, 먼 쪽이 윗목이다.
전통방식의 온돌은 아무리 솜씨 좋은 장인이 고래를 놓는다고 하더라도
아궁이에서 먼 곳은 덜 따뜻하기 마련이다. 아랫목은 너무 뜨거워 타들어
가도 복사열로는 충분치 않아 윗목은 냉골이기 십상이고 겨울밤에는
자리끼에 살얼음이 어는 수도 있었다. 온돌방에서 화롯불은 보조난방으로
대단히 유용하였다. 화롯불에 손을 쬐기도 하고, 물을 데워 차를 끓이거나
방에 습도를 더하기도 하고, 인두를 달궈 바느질도 하고 위의 찬 공기를
덥히는 대류난방의 효과도 있기 때문이다.

안방은 취사로 인해 부엌의 아궁이에서 자주 불을 때므로 아랫목이 타
있을 정도로 뜨겁고 온기가 오래 유지되지만, 취사를 겸하지 않는 방은
별도로 함실아궁이에 군불을 때어 난방을 한다. 이때도 아궁이 쪽이
따뜻한 아랫목이고 아궁이가 먼 쪽은 윗목이라 덜 따뜻하기 마련이다.
방에 웃풍이 있다는 말이나, 윗목은 냉골이어도 따뜻한 아랫목에 이불을
펴고 옹기종기 다리를 넣고 둘러 앉아 이야기꽃을 피우던 추억은 전통
온돌을 경험한 이들만이 공유할 수 있는 정서이다.

온돌은 구들장 위에 흙을 촘촘히 바르고 그 위에 장판지를 바르고 콩댐을
하여 더러움이 덜 타고 내구성이 있도록 만드는 것이 일반적이었다.
때로는 온돌바닥에 어린 솔방울이나 은행잎을 찧어서 줄기를 가려내고
이물질이 없게 하여 방바닥에 한 치 높이로 단단히 펴 바르고 불을 때기도
했다. 이러면 기름이 배어 빛이 누르고 푸르며 매끄럽고 단단하기가
장판보다 낫고 여러 해가 지나도 상하지 않았다고 한다.

↑
안동 하회마을 화경당 고택. 네 칸의 안대청과
네 칸의 안방이 있는 겹집이다. 안방 더그매
공간은 여러 가지 수납을 위한 고방으로
사용되었다. 왼쪽 부엌은 문이 없는 개방형
구조이고 윗부분은 고방으로 되어 있다.

7. 안대청

기다란 장귀틀을 도리 방향으로
걸고 직각으로 짧은 동귀틀을
건 후 청판을 제혀쪽매로
깎아 연이어 끼워 마루를
까는 방식이다. 땅바닥에서
띄워 만들므로 마루 아래는
바람이 통하고 통풍이 된다.
제혀쪽매란 한쪽에는 홈을
파고 다른 쪽에는 혀를 내민
모양으로 깎아 서로 끼워
물리는 방식인데 해체와 조립이
용이하다. 우물마루는 대청·
누마루·툇마루·고방의 바닥에
주로 이용되었다.

대청은 안채와 사랑채의 큰 마루를 말한다. 보통은 네 칸에서 여섯 칸까지
다양하나 사대부가의 사랑대청은 전면 세 칸 측면 두 칸으로 된
육칸대청이 많고 안대청은 네 칸이 많다. 바닥은 우물마루[1]로 되어 있다.
대청의 천장은 들보와 도리, 서까래가 드러난 입체적인 구조로 한옥의
아름다운 목조가구식木造架構式의 구조미를 보여준다.

안채의 안대청은 밖에서 안방으로 들어가기 위한 전이공간으로서 방에서
보면 밖이지만 안마당에서 보면 집안이다. 안채는 내밀한 곳이어서
아무나 드나들 수 없는 공간이다. 대청 뒤쪽의 판장문을 모두 열어젖히면
앞뒤로 통풍이 되는 시원한 공간이 된다. 들어걸개로 된 안방의 분합문을
접어 걸쇠에 걸어두면 방과 마루가 트이고, 외부인 마당이 하나가 되어
통풍이 잘 되므로 여름철 거처에 적합하다. 안대청에는 성주신을
모시기도 하고, 신주를 모신 벽감壁龕이 있기도 하며, 뒤주를 놓아 도정한
쌀을 담아두기도 하고 사방탁자를 두어 장식품을 올려두기도 한다.

조선 후반기에는 남녀유별은 물론이고, 장유유서가 확고하였으므로
조손간에는 겸상을 해도 부자간에는 겸상을 하지 않았다. 각인각상으로
식사를 하므로 대갓집에서는 수많은 상을 수납할 공간이 필요해서
안대청의 전면과 후면, 측면에는 기둥과 기둥 사이에 시렁을 걸었다.
시렁위에는 사각반, 소반 등의 상과 바구니 등을 올려 수납공간으로
활용하였다.

↑
안동 수졸당및재사. 안대청 위 기둥에 한지로 만든 성주신과 성주바가지가 있다.

→
안동 하회 충효당. 안대청 들보에 모셔져 있는 성주신이다.

↑
안동 하회마을 화경당 고택. 안대청 기둥에
한지를 꼬아 만든 성주신, 성주신 아래엔 복을
많이 받길 원하는 문구인 '降福穰穰'이란
입춘방이 붙어 있다.

내부공간 → 방과 마루 → 안대청

↑
안동 하회 충효당. 서애 류성룡의 불천위 제사가
단오날이다. 단오날은 머리에 궁구이라는 풀을
꽂으면 일 년 무탈하게 지낸다고 해서 할머니들이
궁구이를 꽂고 서애 선생 제사 떡을 만들고 있다.

내부공간 → 방과 마루 → 안대청

↑
안동 후조당 종택. 사랑채의
확장공간인 별채 제청의
대청이다. 방문이 3분합인데
한 짝만 접어 올려 걸쇠에
걸어두었다. 입향조 향사 때는
오른쪽 세살창문을 닫고 한꺼번에
들어 올려 한 공간으로 만든다.

←
안동 후조당 종택. 사랑방에
어른들이 모여서 문중 회의를
하고 있다.

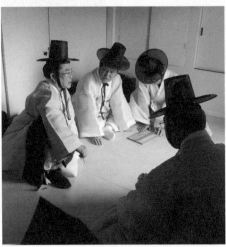

8. 사랑대청

사랑채의 대청은 반가에서 그 집의 위세를 나타내는 중요한 공간이다. 사랑대청은 기단을 쌓고 그 위에 기초를 놓고 마루를 들어 올려 조성하므로 마당에서 오르려면 몇 계단을 올라야 한다. 따라서 마당에서는 올려다보고, 대청에서는 마당에 있는 사람을 내려다보게 되어 절로 권위를 나타낸다.

사랑대청의 전면 위에는 집의 당호를 편액으로 걸었다. 편액은 가문의 권위와 품위를 상징(예: 문헌공의 자손이 대대손손 사는 집 '文獻世家')하기도 하고, 충과 효를 중시하는 가부장의 가치관(예: 안동 하회 '忠孝堂')을 드러내기도 하며, 집의 형상을 나타내기도 하고, 세간에서는 그 집을 부르는 명칭이 되기도 한다. 사대부가의 사랑대청은 대개 여섯 칸으로 조성하거나 네 칸의 대청과 두 칸의 누마루를 연이어 만들어두기도 한다. 대청은 전면에 기둥이 있고, 우물마루, 대들보와 종보, 천장의 서까래에 이르기까지 드러나는 입체적 공간으로서 목조가구식 한옥구조의 아름다움을 보여준다.

마루에 별다른 기물이 놓이지는 않으나 사방탁자와 평상이 놓이기도 하고, 사랑방과 대청 사이에 불발기문을 설치하여 아름다운 장식요소로 삼기도 한다. 불발기문을 접어 걸쇠에 걸어두고 대청 뒤편의 판장문을 열어젖히면 방과 마루가 하나가 되고 집안과 마당이 탁 트여 시선과 바람길이 열려 시원하게 여름을 나고 집안의 대소사를 치를 수 있다.

종가에서는 제청을 따로 두어 제사를 지내기도 하고 평소에는 사랑의 확장공간으로 사용한다. 안동 후조당 종택의 제청祭廳은 사랑채의 확장공간이라고 볼 수 있다. 가문의 일을 의논하기 위한 공적인 공간이기도 하지만 종가에서 거주공간으로 사용하기도 하였다. 제청 남쪽 작은 방은 가부장이 되기 위해 수련기간을 보내는 장자가 상시 거주하는 공간으로 양방養房이라고 불렀다고 한다. 제청이 따로 없으면 대개 사랑대청에서 제사를 지낸다. 아직 사랑채가 분화되지 않은 조선 전기의 제사 풍습이 남아 있는 반가에서는 안대청에서 제사를 지내기도 한다.

↑
안동 소호헌. 2칸의 누마루가 담장 밖으로
열려 있다.

9. 누마루

누마루는 바닥으로부터 띄워 만든 마루이다. 규모가 큰 상류층 한옥에서는 사랑대청이 넓은 경우에도 누마루를 추가로 설치하였다. 사계절이 뚜렷한 우리나라의 옛집들은 특히 사랑채에 누마루가 있어 여름철을 나기에 적합하였다. 누마루는 땅바닥의 습기가 차단되고 통풍과 환기가 잘되므로 여름철에 진가가 발휘된다. 누마루의 바닥은 지면으로부터 많이 띄우고, 사방을 틔우거나 들어걸개 분합문을 달아 걸쇠에 얹어둔다. 골판문을 달아(안동 군자정) 계절적으로 여닫기도 한다.

함양 일두고택은 사랑대청이 큰사랑방 앞에 있고, 작은사랑방 앞에 2칸의 누마루가 분리되어 설치되었다. 툇마루로 연결되어 있지만 사랑대청과는 분리하여 사용할 수 있게 만들었다. 구례 운조루 고택은 4칸의 대청에 연이어 바닥을 높인 누마루 2칸을 붙여서 동일공간으로 활용할 수 있게 되어 있다.

누마루의 바닥 아래는 제법 높지만 누마루 아래는 비워두기도 하고(경주 양동 무첨당, 구례 운조루 고택), 판장문을 달아 곳간으로 사용(함양 일두고택) 하기도 한다. 한옥의 다른 공간보다 높아 담 밖의 먼 경치까지 누마루에 앉아 차경을 하여 즐기기 안성맞춤이다.

누마루의 기둥 밖으로는 헌함軒檻을 두르고 계자난간을 붙여서 안정감도 있지만 시각적으로도 여유 있는 공간감을 도모하였다.

↑
안동 읍청정. 누마루에서는 먼 산까지
차경하여 봄의 풍경을 즐긴다.

내부공간 → 방과 마루 → 누마루

↑
안동 읍청정. 누마루에서는 먼 산까지
차경하여 겨울의 풍경을 즐긴다.

내부공간 → 방과 마루 → 누마루

↑
안동 산남정. 원기둥 밖의 헌함과 밖으로
내민 계자난간이 공간감을 주어 시각적으로
여유롭다.

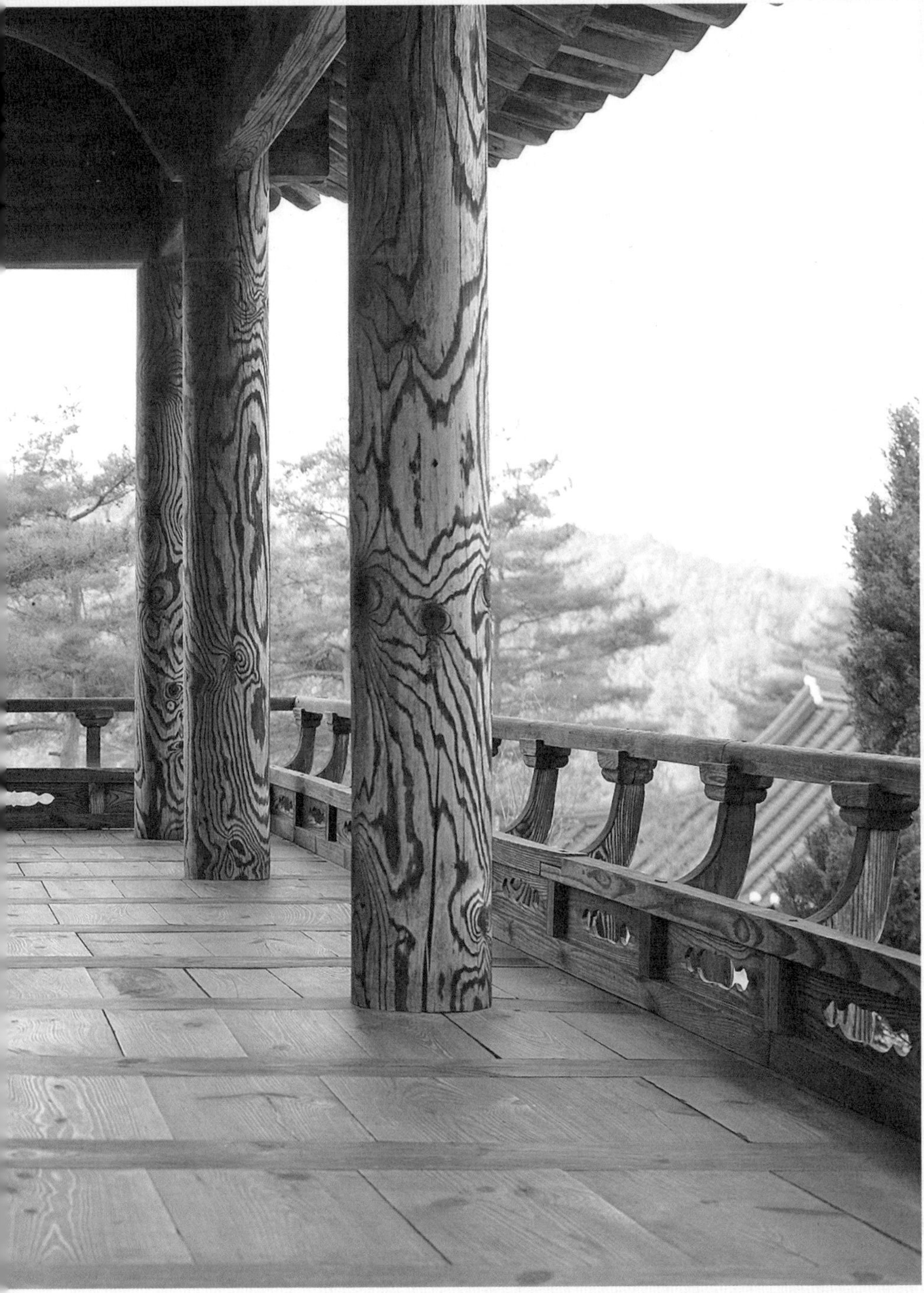

↑
경주 창은정사. 툇마루에 툇기둥이 있어
안정감이 있다.

10. 툇마루, 쪽마루, 고상마루

1 함실아궁이
함실은 취사를 위한 부뚜막
없이 군불을 때는 아궁이인데
들어가서 불을 땔 수 있게
공간화되어 있는 경우가 많다.
부넘기가 없이 구들장 밑으로
바로 불길이 들어가도록
만들었다. 불을 때고 나서는
아궁이를 막아둔다. 때로는
쇠죽을 끓이는 솥을 걸기도
하였다

기둥과 기둥 사이로 만드는 주 칸에 더하여 공간을 넓히고자 툇기둥을
세우고 덧대어 낸 공간을 툇간이라 한다. 이 툇간을 방으로 만들면 웃방이
되지만 개방하여 마루를 깔고 통로 역할을 하면 툇마루가 된다. 마루에
오르내리거나 걸터앉을 정도의 넓이이거나 좁은 통로의 기능을 하도록
동바리를 받친 위에 좁은 마루를 깔면 쪽마루라고 부르는데 기둥에
고정하지 않는 경우도 많다.

고상마루는 말 그대로 바닥을 다소 높여 만들어 둔 마루이다. 부엌이 붙어
있지 않은 방에는 군불을 때야 하니 함실아궁이[1]를 둔다. 사람이 들어가
불을 때야 하니 아궁이 위의 마룻바닥이 대청보다는 높아진다.
고상마루는 높기 때문에 대개는 난간을 두르지만 난간이 없는 경우도
있다.

↑↑
안동 번남고택. 안채 상방 앞에 쪽마루가 달려
있어 안대청으로 연결된다.

↑
아산 외암마을 건재고택. 사랑채 툇마루를
부분적으로 넓히고 숫대살 난간을 둘러
너르게 사용할 수 있게 하였다.

↑
아산 외암마을 건재고택. 건넌방의 군불
때는 아궁이에 솥을 걸어 고상마루를 더 높게
만들고 간결한 교란을 붙였다.

↑
대구 광거당. 쪽마루에서 툇마루에 올라 다시
누마루에 오르도록 바닥차이를 두어 이동이
편리하도록 했다.

내부공간 → 방과 마루 → 툇마루, 쪽마루, 고상마루

↑
담양 소쇄원. 광풍각 뒤편 함실아궁이 위의
고상마루는 높이가 상당한데도 난간을 두르지
않았다.

내부공간 → 방과 마루 → 툇마루, 쪽마루, 고상마루

부엌과 수납

안동 하회 화경당 고택 안채의 개방형 부엌이다.

↑ ↑
안동 광산김씨 탁청정공파 종택. 안방에
난방을 하려면 아궁이에 불을 때야 하므로
부엌은 바닥이 낮고, 드나들기 위해서는
오르내림이 많다.

↑
나주 남파고택. 조왕신이 중발, 즉 주발의
형태로 부뚜막 위 주춧돌에 얹혀 있다. 여기에
정화수를 떠 놓는다.

1. 부엌

1 조왕신

부뚜막 위에 작은 선반을
만들어 조왕중발이라고 하는
그릇을 올려놓고 아침마다 새로
샘물을 떠다가 붓고 절을 하며
가운이 일도록 기원하였다.
조왕신이 부뚜막에 있으므로
일을 하는 사람들은 조신하게
행동한다. 불을 때면서 나쁜
말을 하지 않고 부뚜막에
걸터앉거나 발을 디디지
않으며, 부뚜막을 정갈하게
하였다.

2 노비

세종조에 부모 중 1명이라도
노비이면 그 자식은 노비가
되는 일천즉천법一賤則賤法
이 제정된 이후 노비는 점차
증가하여 조선 중기에는 40%,
조선 후기에는 거의 60%
에 이르렀다고 한다. 해남
녹우당에는 노비 5백여 명을
상속하기 위한 분재기가 전해
온다. 조선 후기 영조(재위:
1724-1776) 때에는 어미가
양인이면 자식도 양인이
될 수 있도록 하였고, 1894
년 갑오개혁 때 노비제도가
공식적으로 폐지되었다.

반가에서는 물 긷는 물담사리,
몸종 교전비, 밥 짓는 취비,
빨래하는 세답비, 반찬 만드는
찬모, 바느질하는 침모, 젖
주는 유모가 따로 있어 노비가
많았다.

부엌은 흙바닥이고, 취사기능과 난방기능을 겸하는 부뚜막과 아궁이가
있다. 또한 그릇 수납을 위한 찬탁과 반찬을 만드는 선반, 벽에는 물건을
얹는 시렁이 있다. 게다가 물동이와 땔감을 두는 공간이 있어야 제대로
취사기능을 할 수 있다. 부엌은 물과 불을 다루고 가족의 먹거리를
장만하는 곳이므로 이를 보살피는 조왕신竈王神[1]을 모신다.

여름에는 난방 기능이 없어도 되므로 뒷마당에 한데 아궁이를 만들어
솥을 걸고 취사를 하였다. 부엌은 장독대가 있는 뒷마당, 장독대 옆의
텃밭, 겨울에는 김장독을 묻는 움막도 가까워야 한다. 안행랑채의 고방과
나뭇단을 두는 헛간도 가까워야 한다. 부엌 안에는 그릇 등 부엌용품을
갈무리하고 음식을 차리고 나누는 찬마루나 찬방을 만들기도 했다.

한옥에는 정해진 식사공간이 없고 부엌에서 상을 차려 방으로 옮겨야
해서 찬방이 따로 없으면 안대청 시렁 위에 있는 상을 매번 가져와야 한다.
불을 때는 아궁이가 있어서 부엌 바닥이 낮은데 문지방을 넘나들며
물동이를 채우고, 우물가에서 물을 긷고 설거지를 하여 다시 찬탁에
수납하는 일, 그리고 삼시세끼 각인각상을 차려야 하므로 노비와
여자들에게는 고된 작업이었을 것이다.

사대부가의 여자들은 지아비의 벼슬에 따라 외명부의 품계를 받으며
부모를 부양하고, 제사를 받들며 손님을 접대하는 지아비를 지원하는
중요한 임무를 수행한다. 가사 일에는 많은 노동력이 필요한데 모든
작업을 감당해야하는 노비[2]들은 오르내림이 심한 부엌 공간 주변에서
하루 일과를 치러내야 했다. 사대부가에서는 직조, 바느질, 빨래, 부엌일을
하는 노비를 구분하여 따로 두었다.

↑↑
상주 양진당. 윗방에서 다락문을 열고 계단을
오르면 윗방 더그매와 부엌 상부를 활용한
다락에 진입할 수 있다. 2층처럼 보일 정도로
제법 높다.

↑
안동 하회 충효당. 안채 툇마루 끝의 누다락은
며느리들의 휴식공간이었고 바닥 차이를
이용한 2층의 고방으로 바로 연결된다.

2. 다락

1 더그매
천장과 지붕 사이의 공간을
말한다. 대개 부엌 위의
더그매는 안방에서 출입 가능한
다락으로 만든다. 때로는 안방
위의 더그매 공간에 사람이
서서 다닐 정도로 높은 다락
공간을 만들고 영창을 달아
밝게 사용하기도 하였다.

다락이란 원래 높다는 뜻이다. 누다락, 다락마루라는 말은 높은 다락, 높은 마루를 뜻한다.

한옥에서는 안방에서 계단으로 출입하는 부엌 상부 공간을 다락이라고 하고 여닫이문을 달아둔다. 안방의 수납공간이지만 다락은 부엌 천장 위 전체에 해당하는 더그매[1] 공간이므로 제법 넓고 사람이 서 있을 수 있을 정도로 천장이 높은 다락도 있다. 다락은 주로 안방에서 이용할 수 있는 수납공간이지만 영창을 달아 다락방으로 사용하는 경우도 있다.

정읍 김명관 고택의 안방 더그매는 안방 툇간에서 천장에 난 뚜껑을 열고 올라가게 되어 있는 안방의 비밀 수장 공간이다. 사랑방 다락은 사랑방에 붙은 복직이방에서 문을 열고 층계로 올라갈 수 있게 되어 있는데, 사랑채의 비밀 수장 공간으로 외부인은 그 존재를 알기 어렵다.

안동 하회 충효당과 상주양진당의 안방 위 더그매는 사람이 서서 다닐 정도의 높이이며, 영창도 있어서 밖에서 보면 2층 구조로 보일 정도이다. 안동 하회 충효당에서는 부엌 위의 공간을 밖으로 트이게 하고 난간을 둘러 누다락을 만들어 여자들의 휴식공간으로 활용하였다. 이 누다락 공간은 안방 앞의 툇마루 층계를 통해서 올라가게 되어 있는데 일반적인 한옥에서는 찾아보기 어려운 독특한 구조이다. 안방의 다락문은 사람이 서서 올라가는 출입문이므로 높이가 있다.

↑
안동 계상고택. 안방 위
다락인데 튼튼하게 마루를
깔았고, 벼락닫이창을
달아두고 있다.

→
함양 일두고택. 안방의 다락
입구에 넉살무늬 출입문을
달아 두었다.

↑
안동 번남고택. 상방의 미닫이를 열면
다락방이 나타나는데 부엌 위가 아니고
함실아궁이 위라서 층계 없이 오르내릴 수
있는 높이이다.

내부공간 → 부엌과 수납 → 다락

↑
안동 정재종택. 안방
아랫목의 벽장문은 낮고
사람이 오르내리는 다락문은
높다.

←
안동 학암고택. 사랑대청
북벽에 있는 벽감이다. 벽감
안에는 4대조의 신주가
모셔져 있었다.

3. 벽장, 벽감

벽장壁欌이라 함은 벽에 붙은 붙박이장을 말한다. 안방의 벽장은 부엌 부뚜막 위에 돌출된 수납공간을 만들어 안방의 아랫목에서 사용할 수 있지만 사랑방에는 밖으로 벽을 돌출시켜서 키가 높은 벽장을 만든다.

한옥의 아궁이에 불을 때는 부엌 바닥은 안방보다 낮다. 아궁이 위에 부뚜막이 있고 솥을 걸고 수증기 등이 빠져나갈 공간을 주고 나면, 벽장이 내밀어져 있어도 방해가 되지 않는다. 그래서 안방에 설치된 벽장은 앉아 있으면서 손을 뻗어 벽장 안의 물건을 넣고 뺄 수 있을 정도로 낮은 높이에 있다. 보료에 앉아 뒤를 돌아보면 손이 닿는 벽장 안에는 자주 사용하지만 안방에는 늘어놓지 않는 물건들을 보관했다. 그것은 옷이나 이불처럼 부피가 큰 것은 아니었을 것이다. 집에 빨리 가고 싶어 할 때 "벽장에 꿀단지라도 숨겨 놓았나"라고 표현하는 것으로 보아 간식거리나 일상적으로 자주 사용하는 것들을 수납했었음을 알 수 있다.

부뚜막 윗부분에 가설된 안방의 벽장이 앉아서 사용하는 높이인데 반해, 사랑방이나 건넌방에 만든 벽장은 방바닥과 같은 높이에 뒷벽을 돌출시켜 만들므로 바닥은 낮고 높이는 제법 높고, 미닫이문을 단다.

벽감壁龕은 안대청이나 사랑대청의 북쪽 벽 위쪽에 깊이감이 있게 만들어 신주를 두는 곳이다. 벽감에는 나무로 문을 만들어 단다. 뒷마당에서 보면 대개 벽감이 대청 뒷벽의 위쪽에 돌출되어 달려 있는 형태이다. 바닥까지 있는 공간이 아니고 위쪽만 튀어나온 형태이다. 아마 이는 신주神主가 나무로 되어 있어 습기로부터 보호하기 위한 축조방법이었을 것이다. 사당이 있는 집에서는 감실龕室을 나무로 만들어 신주를 봉안하지만 사당이 없는 집에서는 벽감에 보관한다. 제사를 지내기 위해서는 신주를 모셔내 와서 지내고, 제사가 끝나면 다시 벽감에 모셔둔다. 육간대청을 가진 큰 사대부가에서도 종가가 아니고 사당이 따로 없으면 대청의 북쪽 벽에 벽감을 만들어 그 안에 신주를 둔다.

대체로 조선 전기에는 정침에서 제사를 지냈으므로 이후 사랑채와 사당채를 만들었어도 안채 정침에서 제사를 지내는 관습을 여전히 지키는 가문이 있다. 집을 지은 시기에 따라 제사를 지내는 장소가 상이한 이유이다. 이처럼 봉제사에 관한 의례는 전통 한옥의 구성에 영향을 미치는 중요한 요소였다.

↑
안동 계상고택. 대청 한쪽에 누상고를 두고,
위는 개방형 수납공간으로 사용하고 아래는
밖에서 고방으로 사용한다. 대청 천장 위에
시렁을 매달아 나무를 얹어 둔 모습은 들보와
서까래를 드러내 구조미를 살리는 여타 한옥
대청의 모습과 많이 다르다.

4. 누상고

안동의 계상고택에는 특이한 누상고가 있다. 대청 바닥의 일부에
사다리를 놓고 올라갈 정도의 높이로 만들었다는 뜻에서 누상고라고
부른 듯하다. 외관은 기둥과 기둥 사이에 머름을 중첩하여 쌓은 형태이고
윗부분은 개방형 수납공간으로 사용한다. 아랫부분은 밖에서 문을 달아
고방으로 사용하였다.

↑
함양 일두고택. 안채 대청에 대나무 시렁을
기둥과 서까래에 매달았다. 가벼운 바구니와
상들이 올려져 있다.

5. 시렁

시렁은 긴 나무막대나 대나무 등을 기둥 사이에 걸치거나 내달고, 물건을
올려서 수납하는 장치이다.

고방과 헛간에도 시렁을 매는 경우가 있지만 눈에 띄게 시렁의 효용이 잘
드러나는 것이 안대청 전면의 상부이다. 머리보다 위에 걸어 이동에
방해가 되지 않을 만큼 높이 매달았다. 각인각상에 식사하는 풍습으로
인해 상床이 많고 바구니가 많이 필요했으므로 올려둔 기물의 종류와
개수를 보면 안살림의 규모를 알 수 있다. 안대청의 벽 상부에도 시렁을
설치하고 비교적 가벼운 각종 바구니와 함지박, 쟁반들을 올려두었다.

아주 무거운 것은 올리지 못하므로 1-2인용 각상과 비교적 작은 소반[1],
바구니 등을 얹어 두는데, 안대청의 시렁에 상을 즐비하게 올려놓은
모습이 장관이다.

반상에는 밥과 반찬을 올리는데 5첩이 일반적이고 7첩만 되어도 잘 차린
반상이다. 잔칫날에는 9첩, 12첩 반상도 차린다. 반상이 주가 되지만
죽상·면상·주안상·다과상 등 무엇을 올리는가에 따라 달리 부르기도
하고 반상 곁에는 그보다 작은 곁상이 놓이기도 한다. 가운데를 뚫어
머리에 이었을 때 앞이 보이도록 만든 공고상公故床, 차나 물 등을 올려
내어가는 찻상도 있는데 이러한 것은 크기가 비교적 작고 아담하여
시렁에 올려두기 안성맞춤이었다. 여자들이나 아이들, 부엌의 하인들이
죽 둘러 앉아 먹는 두레반이나 여럿이 식사하도록 차리는 교자상은
비교적 크고 무거워서 다리를 접어 세워둘지언정 시렁에 올려두기는
어려웠다.

1 소반
소반은 작은 상을 일컫는데,
다리의 모양에 따라 구족반·
호족반·풍혈반으로 부르고,
생산지역에 따라 나주반·
해주반 등 지역 이름을
붙이기도 하며 상의 각에 따라
원반·팔각반 등으로 부르거나,
칠에 따라 주칠반, 재료에 따라
자개반 등으로 불렀다.

↑↑
구례 운조루 고택. 안대청 위의 시렁 위에
죽부인, 바구니 등 가벼운 것이 올려져 있다.

↑
아산 외암마을 건재고택. 안대청 안에 판재로
시렁을 만들어 바구니, 함지박, 나무 쟁반 등을
얹어 두었다.

↑
안동 학암고택. 안채 대청 시렁 위에 상들이
올려져 있다.

내부공간 → 부엌과 수납 → 시렁

↑↑
안동 하회 충효당. 안채에서 사랑채로 나가는
중문 위에 다락형 고방이 있다.

↑
안동 번남고택. 안행랑채의 헛간, 고방,
행랑방이 나란히 있다. 고방은 통풍을 위해
바닥이 띄워져 있다.

6. 고방, 곳간, 헛간

1 2층
고려 충렬왕 3년(1277)<
도선밀기道詵密記>에
'우리나라는 산이 많으니
높은 집高屋을 지으면 쇠손
衰損을 초래하니 궁궐부터
민가에 이르기까지 높은 집을
금하고 단층집平屋을 짓는데
조성도감이 층루層樓를 지으려
하니 장차 화가 있을까 두렵다'
는 기록이 있다. 단층집인
평옥平屋은 온돌 아궁이
만들기에도 용이하였을 것이다.

그런데 상주지역에는 상주
양진당 이외에도 완벽한 2
층 구조처럼 보이는 한옥이
더 발견된다. 너른 들판에
지으므로 조망을 확보하려는
점도 작용했을 것이고 장마철의
물 빠짐을 고려하여 바닥에서
띄운 다락집을 지으려는
의도도 작용했을 것이다.
상주의 대산루는 1층과 2층이
연결된 구조인데 2층 높이의
방에 난방을 하기 위해 1.2m
높이에 아궁이를 설치한 독특한
구조이다.

고방庫房은 물품과 식품을 수납하는 공간이다. 한옥은 거의 단층집이므로 고방은 안행랑채에 부속되어 부엌과 유기적인 위치에 있다. 대개 나무로 된 골판문이나 판장문을 달았고 우물마루를 깔아 바닥을 띄운다. 여기에 시렁도 걸고, 큰항아리를 두어 식품을 보관한다. 자주 쓰지 않는 함지박이나 이남박 같이 나무로 된 무거운 그릇 등 세간살이도 두었다.

상주 양진당은 평대문으로 진입하면 ㅁ자형 마당에서 볼 때 완벽하게 좌우대칭인 다락집으로 2층[1]에 고방이 있는 독특한 구조이다. 이 집의 정침 양쪽 익랑에 해당하는 부분의 2층이 모두 고방이다. 다락집으로 지은 이유는 마당이 낮아 홍수로 물이 넘쳐 들어올 경우에 대비하여 이렇게 지어졌다고 한다. 2층 고방은 툇마루에 올라 방으로 들어가 다시 층계를 오르내려야 하므로 부엌과의 관계가 덜 유기적이어서 자주 사용하지 않는 식품이나 물품을 보관했을 것이다. 이 집이 살림집이기는 했지만 50여명이 참석하는 대종가의 제사를 감당하는 집이었으므로 수납물품도 그만큼 많았을 것이다.

곳간庫間이 독립된 건물일 때는 곳간채 혹은 광채라고 불린다. 바닥이 흙으로 되어 있어 나락 등을 둘 때는 곡간穀間이라고 하며 벼, 곡식 등 좀 더 거친 물품을 수납하는 곳으로서 두껍고 튼튼한 판장문을 단다.

헛간은 2-3면만 막힌 공간으로서 건초·가마·농기구·땔감 등을 두는 허드레 공간이다. 여기에 마구와 말을 두면 마구간이 된다. 한데는 아니지만 실내공간도 아니고 바닥은 흙을 다져서 만든다.

농경사회에서 헛간은 집안의 사람과 농사일을 지원하는 도구와 물품을 두는 공간이다. 사계절이 뚜렷한 한반도에서 많은 사람들이 살아가기 위해서는 헛간이 적절한 위치에 있어야만 했다. 안행랑에는 땔감이, 사랑행랑에는 땔감과 가마와 마구, 건초가 있고, 바깥행랑에는 농기구가 있어야 집안 살림을 꾸려 나갈 수 있었다. 헛간의 한쪽에는 측간을 두기도 했다.

↑↑
안동 하회 충효당. 대문채 한쪽에 마구간과
곳간이 있다.

↑
함양 일두고택. 행랑채에 판장문을 단
곳간들이 연이어 있다.

↑
안동 하회마을 화경당 고택. 위는 곡간의
내부모습으로 시렁이 없고 흙바닥이다.
아래는 고방의 내부모습으로 우물마루를
깔았고 세간살이를 두고 있다.

　　　　内부공간 → 부엌과 수납 → 고방, 곳간, 헛간

↑
상주 대산루. 2층에 있는 온돌에 난방을 하기
위해 1.2m 높이에 아궁이를 두었다. 2층을
지지하기 위해 아주 굵은 원기둥을 사용했다.

　　　　　내부공간 → 부엌과 수납 → 고방, 곳간, 헛간

장식 요소

→ 1. 편액, 주련
→ 2. 평란, 교란
→ 3. 계자난간
→ 4. 풍혈

안동 읍청정. 풍혈과 난간의 그림자가 헌함에 드리워 있다.

↑
강릉 선교장. 선교장 솟을 대문엔 '신선이
거처하는 그윽한 집'이란 뜻의 선교유거
현판이 붙어 있다.

1. 편액, 주련

1 주련
예산 추사고택의 안중문에는
안마당에 나무가 없음을
보완하는 주련을 추사의
글씨체로 걸어 중문을
들어서면서 안마당에 대나무와
꽃이 그득한 정원을 상상하게
하였다. 안채 중문에 걸려있는
두 개의 주련 내용은 다음과
같다.

만 그루는 기이한 꽃이고 천
그루는 작약밭이요萬樹琪花
千圃藥

온 집안은 대나무로 차 있고 상
위에는 책이 반이다一莊修竹
半牀書.

2 입춘방
24절기의 첫 번째인 입춘을
맞이하여 입춘방을 대문이나
중문 앞에 써 붙인다. 입춘방은
입춘첩이라고도 한다. 흔히
입춘대길立春大吉, 건양다경
建陽多慶, 국태민안國泰民
安, 개문만복래開門萬福來
등의 글귀를 써 붙인다. 추사
김정희가 7세 때 입춘방을 써서
대문에 붙였는데 지나가던
채제공이 이를 보고 "이 방을 쓴
자는 훗날 명필이 될 것"이라고
예언을 했다는 일화가 전해
온다.

상류층 한옥에서는 가문의 권위와 가부장의 가치관을 표현하는 당호를
편액으로 사랑 대청에 걸었다.

편액은 현판이라고도 한다. 초기에는 건물 정면의 문과 처마 밑에 건물
명칭을 쓴 액자만을 지칭했으나 나중에는 건물에 관하여 명칭, 내력,
묵객들이 남긴 서화 등 모든 현판을 편액이라 불렀다. 편액은 널빤지
이외에도 종이나 비단에 써서 액자 형태로 만들어 거는데, 주련과 함께
건물의 격을 높이기 위해 치장하는 수단이었다.

함양 일두고택에는 '文獻世家'라는 편액이 사랑채에 걸려 있다. 이는
문헌공 일두 정여창의 자손들이 대대손손 거주하는 집이라는 의미를 담고
있다.

구례 운조루 고택의 사랑방 위에는 '守分室'이라는 편액이 붙어 있었다.
이는 분수를 지키는 방이라는 가부장의 가치관을 드러낸다. 구례 운조루
고택에는 사랑채에서 안채로 향하는 중문 앞에 통나무로 깎은 엄청난
크기의 뒤주가 있다. 뚜껑에는 '他人能解'라고 쓰여 있어서 누구든
뚜껑을 열고 쌀을 퍼갈 수 있었다니 주위의 서민들을 생각하여 분수를
지키고 나누며 살겠다는 가부장의 철학이 사랑방 위 편액에서도 드러나고
있다.

주련[1]은 기둥에 시 구절을 연이어 걸었다는 의미이다. 안채는 복을
기원하거나 덕담, 좋은 시구의 내용을 써서 기둥에 걸고, 사랑채에는
오언시나 칠언시를 써서 기둥마다 걸어 한편의 시가 완성되도록 하였다.

한옥에 붙이는 글에는 종이에 써 붙이는 입춘방[2]도 있다. 입춘이 되면
입춘방을 종이에 써서 다음 해 입춘이 될 때까지 붙여 두었다.

↑
예산 추사고택. 사랑채의 기둥에 칠언시
주련이 걸려 있다.

내부공간 → 장식요소 → 편액, 주련

↑
예산 추사고택. 안채로 들어가는 중문 앞에
붙인 주련의 내용이 꽃과 나무가 그득한
안마당을 상상하게 한다.

↑
안동 하회 충효당. 안채 뒷문에 붙인 입춘방,
초가지붕은 내측이다.

2. 평란, 교란

누마루는 마루를 높게 만든 것이라 이곳을 이용하는 사람이 떨어지지 않도록 하려면 난간이 필요하다. 이를 누란樓欄이라고 하는데 난간에 일정한 간격으로 짧은 기둥인 난간동자를 세우고, 가로로 두겁대를 둘러서 간결하게 만든 것을 평란平欄이라고 한다. 난간에 문양이 있으면 교란交欄이라고 하는데 아亞자살 난간, 완卍자살 난간, 숫대살 난간 등이 있다.

→
보성 이진래 고택. 안채에 평란이 설치되어 있다.

↑↑
안동 탁청정. 하엽이 있는 계자난간이 둘러
있다. 헌함이 좁고 풍혈이 없다.

↑
안동 산남정. 헌함 주위에 하엽이 있는
계자난간을 두르고 풍혈을 뚫어 바람이 더 잘
통하게 하였다.

3. 계자난간

1 헌함
누마루나 높은 대청의 기둥
밖으로 돌아가며 난간을 두른
좁은 마루를 말하는데, 기둥
밖으로 사람이 지나다닐 정도의
여유를 가지도록 헌함을 만드는
경우가 많다. 기둥 밖의 헌함의
비례가 맞아야 지붕부터 누마루
아래까지 입면이 조화롭고
안정감 있게 보인다.

난간 중에서도 으뜸은 계자각鷄子閣을 두른 계자난간鷄子欄干이다. 위로
올라갈수록 밖으로 튀어나오도록 닭 벼슬 모양의 짧은 기둥을 초새김하여
기둥 밖 좁은 마루인 헌함軒檻[1] 주위에 두른다. 계자난간이 바깥쪽으로
줄지어 나란히 튀어나온 모습은 누마루 공간을 여유 있게 할 뿐만 아니라
입체적이면서도 아름답다. 난간 아래에 난간청판을 끼우기도 하고, 연꽃
모양의 하엽을 두겁대 아래에 붙여 장식하기도 한다. 하엽을 붙인 것이
조화롭고 아름다우나 안동지방의 계자난간에는 하엽이 없는 것도 많다.

4. 풍혈

누란의 청판에는 대부분 '바람구멍'이라는 뜻의 풍혈風穴이 있다.
누마루의 난간 아래 청판에 바람이 통하는 구멍을 뚫는 것인데 작은
구멍을 통과하려니 바람의 속도가 빨라져서 누마루에 앉은 사람은 바람을
더욱 시원하게 느끼게 된다.

누마루가 높고 누란을 둘러 바람이 통과하기에 거침이 없지만 머름청판에
구멍을 뚫어 경쾌하게 보이고 바람이 빨리 통과하게 하는 것이다. 이처럼
풍혈은 한옥 건축의 세심한 지혜가 더욱 돋보이는 장치이다. 풍혈이 있는
청판 아래에 치마널을 붙이면 난간 하방이 두껍게 보여 난간에 안정감을
준다.

III.한옥의 구성

기단과 주초

→ 1.안채 기단
→ 2.사랑채 기단
→ 3.디딤돌
→ 4.덤벙주초
→ 5.다듬은 돌 주초

정읍 김명관 고택. 안채 외벌대 기단 위에 주초를 팔각과 사각으로 다듬고 각기둥을 세웠다.

↑
장흥 존재고택. 안채의
기단으로 전면만 다듬은
막돌을 허튼층으로 쌓았는데
제법 높다.

←
안동 계남고택. 안채 기단을
마당 높이에 따라 전면만
다듬은 막돌 외벌대, 막돌
바른층 두벌대로 쌓았다.

1. 안채 기단

터를 닦고 집을 앉히기 위해 바닥을 고르게 다져서 하중을 바닥에 고루 나누도록 쌓은 것이 기단이다. 댓돌은 처마의 낙숫물이 떨어지는 안쪽으로 돌려가며 기단에 놓은 돌을 말한다. 기단은 건물의 하중을 바닥에 고루 전달하고, 바닥에 고이는 빗물로부터 집을 보호하며, 건물의 위계와 위엄을 보이기 위해 높이를 고려하여 쌓는다.

또한 한옥은 기단부, 기둥과 벽체, 창호로 이루어진 중간부, 지붕부가 적절히 비례가 맞고 조화를 이루어야 아름답게 느껴지므로 기단의 높이와 넓이, 기둥의 높이, 지붕의 넓이와 높이의 비례는 아주 중요하다.

안채의 기단은 사랑채보다는 낮게, 대개 막돌을 골라 전면만 다듬은 후 바른층쌓기로 만든다. 바른층은 가로줄눈을 맞추는 것을 말하는데 허튼층으로 쌓더라도 제일 윗단의 높이는 맞춰야 하므로 바른층쌓기를 크게 벗어나지 않는다.

실제로 지방의 상류층 한옥에 가보면 정교하게 다듬은 댓돌과 주초柱礎를 쓴 경우는 드물다. 주위의 풍치와 어울리게 자연석을 써서 그렇기도 하고, 자연과 더불어 사는 집에 일부러 가공석을 들이려 하지 않은 여유로운 마음가짐도 있었을 듯하다. 설사 다듬은 돌을 쓰더라도 튀어나온 부분만 대강 다듬은 돌을 쓰고 있다.

청도 운강고택의 안채 기단은 부드럽게 다듬은 세벌대 기단이다. 2개의 층계로 기단에 오르고, 다시 디딤마루를 밟고 대청에 오르게 되어 있다.

↑
안동 하회마을 화경당 고택. 사랑채 기단은
돌의 크기를 일정하게 맞추지 않고 다듬어
바른층 5벌대 기단을 쌓았다. 안채로 가는
중문 앞은 기단을 낮추고 부드럽게 다듬은
장대석 층계를 두었다.

232

2. 사랑채 기단

상류층 한옥에서는 사랑채의 기단이 가장 높고 안채는 그와 대등하거나 조금 낮으며, 행랑채는 가장 낮아 외벌대인 경우가 많다.

사랑채 기단은 막돌로 전면만 다듬거나 길게 다듬은 장대석으로 바른층쌓기를 하는 경우가 많다. 기단을 지붕처마선 안쪽으로 쌓는 이유는 지붕골의 빗물이 기단 바깥쪽으로 떨어지게 하기 위함이다.

기단부를 어떻게 쌓느냐에 따라 한옥 정면의 아름다움에 차이가 생긴다. 대개 막돌 바른층쌓기를 하더라도 마지막 기단은 위를 평편하게 다듬은 댓돌을 놓는다. 다듬은 돌도 그리 정교하지 않게 부드럽게 다듬는다. 그러나 창덕궁 연경당의 사랑채 기단은 정교하게 다듬은 돌 바른층쌓기를 하였다.

기단이 높으면 마당에서 오르기 쉽도록 계단을 설치하고, 마루에 오르기 위해서는 디딤돌을 둔다. 청도 운강고택의 사랑채는 부드럽게 다듬은 두벌대 기단을 오를 수 있도록 아랫단은 넓고 그 윗단은 좁아져서 탑 형식의 층계를 두었다. 구례 운조루 고택의 사랑채 기단은 상당히 높다. 그래서 계단도 있지만 중사랑 앞쪽에 경사로를 만들어 오르기 쉽게 하였다.

함양 일두고택 사랑채의 기단은 높은 편이다. 디딤돌에 오르기 전에 잘린 기단을 한 단 더 쌓은 곳까지 계단이 연결되어 있고, 두 단을 더 쌓은 디딤돌을 다시 올라야 마루에 오르게 되어 있다. 경주 최부자댁 사랑채는 정교하게 다듬은 장대석 기단을 사용하고 있다. 다듬은 돌은 재력과 공력을 들여 만들어야 하는 것이므로 기단의 모양부터 9대 째 만석꾼이었던 최부자댁의 저력을 보여준다.

↑
함양 일두고택. 사랑채 기단은 각면을 부드럽게
다듬은 돌로 5벌대를 쌓고, 장대석 기단을
부분적으로 한층 더 높이고 층계를 연결하였다.
디딤돌도 장대석 2벌대로 널찍하게 만들었다.

234

↑
안동 하회마을 화경당 고택. 안채의 비교적
정교하게 다듬은 장대석 기단과 디딤돌이
단정하고 정갈한 느낌을 준다.

3. 디딤돌

디딤돌은 섬돌이라고도 한다. 기단을 올라가서 마루에 오르기 위해서는 디딤돌이 필요하다. 대개 신발은 디딤돌 위에 가지런히 벗어 놓는다. 그래서 신발을 벗고 오르내리기 위해서는 평편해야 편안하기 때문에 넓고 길게 디딤돌을 놓는다.

함양 일두고택 안채에 오르는 디딤돌은 보통 이상으로 아주 길다. 그 무게를 감당하기 힘들 정도의 긴 디딤돌을 놓았는데 이것이 안채 전면에 안정감을 부여한다.

기단에서 마루에 오르기까지 청도 운강고택의 해법은 독특하다. 마루에 오르기 위해 방마다 마루 앞에 좁고 길게 나무 디딤널을 붙여 놓아서 신발을 그 앞에 벗어 놓고 오르게 되어 있다. 구례 운조루 고택은 돌 대신 나무로 널찍한 디딤판을 놓았다.

전통사회에서 디딤돌은 문화가 함축된 장치이기도 하였다. 디딤돌 위에 신발이 있으면 "어흠!"하고 기침으로 신호를 하고 마루에 오른다. 두 개의 신발이 나란히 있으면 방해하지 않기 위해 그나마 기침조차 하지 않는 것이 예의다.

신발을 벗고 그대로 오르지 않고 돌아앉아서 벗고 마루에 오르는 것은 나중에 내려갈 때 다시 신기 편하기 때문이다. 손님이 오면 신발을 돌려놓는 것이 예의인데, 이는 불편함을 줄여주기 위한 배려이다. 여러 문을 거치며 돌아들고, 문지방을 넘고 층계를 오르고, 다시 디딤돌을 밟고 마루에 오르내리는 한옥의 집 구조가 불편하긴 해도 일상 속에서 여유로운 마음을 갖게 한다.

↑
구례 운조루 고택. 사랑채의 기단까지
층계로 오른 후 다시 외벌대 기단을 올라야
나무디딤판을 딛고 마루에 오를 수 있다.

↑
담양 소쇄원. 제월당의 디딤돌은 계곡에서
주워온 청석인데 발을 디딜 때 차가운 느낌이
든다. 이는 맑은 정신으로 오르려는 선비의
올곧은 마음이다.

↑
안동 소호헌. 담 밖까지 전개된 누마루 전경이
시원하고 여유 있어 보인다.

4. 덤벙주초

한옥은 목조가구식 구조이기 때문에 목재가 많이 사용되지만 구조에서 유일하게 돌이 사용되는 곳이 주초이다. 기둥을 받칠 만한 크기의 자연석을 구해서 평편한 쪽이 위로 가게 하여 놓는 것이 덤벙주초이다. 이는 자연석 막돌을 사용하므로 막돌주초라고도 한다. 돌에 면하는 나무기둥의 밑은 그렝이질 혹은 그레질[1]로 깎아 울퉁불퉁한 자연석의 굴곡에 맞추어 놓는다.

주초를 놓기 위해서는 생땅이 나올 때까지 바닥을 파고 그 안에 백토와 석비레[2]를 넣고 물을 부어 휘젓는다. 앙금이 생기면서 치밀해져서 그 위에 자연석 주초를 놓아도 흔들리지 않게 된다. 잔자갈만을 부어 다지거나 흙만 넣어 다지기도 하고, 지반이 약하면 장대석을 눕히거나 세워 장초석을 만드는 수도 있다. 혹은 자연석 덤벙주초의 가운데에 구멍을 파고 기둥의 장부를 끼워 움직이지 않도록 하는 확주초 혹은 구멍주초도 쓴다.

덤벙주초는 너무 작거나 크지 않게 기둥의 굵기, 높이와 비율이 맞아야 시각적으로 안정감이 있다. 안동 임청각의 군자정은 높다란 기단 위에 지어져서 시선이 누마루의 주초에 머문다. 분명 덤벙주초이나 앞쪽의 것은 거의 방형에 가깝고 뒤쪽의 것은 울퉁불퉁하다. 이는 방형을 더 나은 형태로 보았다는 증거이고, 이것이 나중에는 다듬은 돌 주초로 발전했으리라.

1 그렝이질 혹은 그레질
주초 위에 나무기둥을 세울 때 기울어지거나 미끄러지지 않도록 돌면에 맞추어 나무를 깎는 기법이다.

2 석비레
화강암류가 풍화되어 푸석푸석해진 돌이 많이 섞인 흙을 말한다.

↑
안동 소호헌. 누마루의 누하주를 받친 덤벙주
초의 색과 모양이 각양각색이다.

↑
안동 체화정. 덤벙주초 위에 그렝이질로 나무
기둥을 맞추어 세웠다.

↑
안동 읍청정. 기둥 폭과 비슷한 다듬은돌
원형주초가 단정하다.

244

5. 다듬은 돌 주초

1 숙석
세종 13년 1월12일
(조선왕조실록 sillok.history.
go.kr) 기록에 주춧돌을
제외하고는 숙석을 쓰지 말
것이다…… 되도록 검소·
간략한 기풍을 숭상하되, 사당
祠堂이나, 부모가 물려준
가옥이나, 사들인 가옥, 외방에
세운 가옥은 이 제한을 받지
않는다'고 되어 있다. 예종
원년 <경국대전>에는 사가
私家에 일체 숙석 사용을
금하였는데 그 이유가 검소하고
간략한 기풍을 전파하기 위한
것이었음을 알 수 있다. 중종
7년 '성희안의 집에 숙석을
사용하였으니 추고하소서'라는
상소가 올라온 기록도 있다.

2 사찰 주초
성종 11년 실록에 '사찰에 진채
眞彩와 단청丹靑은 허용하되
화공花拱, 숙석은 금하였다'
라고 하므로 사찰주초도 대체로
자연석을 이용한 덤벙주초를
사용하도록 하였음을 알 수
있다.

다듬은 돌 즉 가공석을 숙석熟石[1]이라고 하는데 숙석으로 주초를 만들면 다듬은 돌 주초定平柱礎라 한다. 깎은 모양에 따라 원형·방형·원추형·팔각형이 있고, 기둥 놓는 자리만큼 돋워 깎은 주좌의 형태에 따라 방형주좌·원형주좌·팔각주좌가 있다. 높게 원형으로 깎으면 원주형 주초, 네모나게 깎으면 방주형 주초가 된다.

함양 일두고택 사랑채 누마루 활주活柱는 특별하다. 제일 아래에는 사각 주초가 있고 그 위에는 돌을 깎아 다듬은 팔각 간주석竿柱石 위에 나무 원기둥을 잇대어 누마루의 추녀를 받치고 있다. 사각은 땅을 의미하며, 원은 하늘을 의미한다. 사찰에서 간주석으로 팔각기둥을 많이 이용하는 것을 보면, 사각주초 위에 팔각기둥을 세우고 그 위에 원형의 나무기둥을 세운 것은 우주와의 소통을 상징하는 의미가 있다.

백성의 집에 숙석을 쓰는 것은 예종 원년(1469) <경국대전經國大典>부터 금지사항이었으나 지방의 상류 주택에서는 더러 발견된다. 공력이 많이 들어가는 사찰 주초[2]에도 덤벙주초가 많이 쓰였으니 이는 숙석이 궁궐 이외에는 금지사항이었음을 보여주고 있다.

↑
안동 탁청정. 원뿔형으로 부드럽게 다듬은 돌
주초를 사용했다.

한옥의 구성 → 기단과 주초 → 다듬은 돌 주초

기둥과 벽체

안동 후조당 종택. 사랑채 기둥이 각기둥으로 되어 있다.

↑
함양 일두고택. 사랑채 원기둥 평주와 보
사이에 걸린 우미량이 돋보인다.

→
안동 탁청정. 원기둥이 육중하여 사가에서는
잘 쓰지 않는 배흘림 기법을 사용하고 있다.

1. 원기둥

1 원기둥의 사용제한 기록
한국고문서학회(1996, p219)
의 저술에는 '일반주택의
장식에 단청, 숙석, 두리기둥,
부연을 달지 못하도록 규정되어
있다'고 되어 있는데 원전은
밝혀져 있지 않다. 실제로
지방의 상류주택에 단청은
드물지만 숙석과 원기둥,
부연은 많이 사용되고 있다.

기둥은 지붕의 하중을 지면에 전달하는 중요한 부재이다. 기둥을 세울
때는 비틀림이나 갈라짐을 방지하기 위해 나무가 원래 자라던 방향으로
세우는 것이 좋다. 나이테의 방향을 보면 아래위를 판단할 수 있다.

상류주택에서는 대청에 원기둥, 즉 두리기둥을 많이 쓰고 있으며,
안채보다는 사랑채에 많이 사용한다. 그만큼 각기둥보다는 아름답고
장중한 느낌을 주기 때문이다.

사찰이나 궁궐 등에 각기둥을 쓸 때는 민흘림, 원기둥을 쓸 때는 배흘림을
적절히 구사함으로써 입면 비례를 맞추어 건물이 안정감을 갖도록 한다.
살림집에서는 상하의 직경이 같은 흘림이 없는 기둥을 쓴다. 그러나 안동
탁청정의 원기둥은 배흘림의 기운이 엿보인다.

지방 상류주택에서도 사랑채라고 반드시 원기둥을 쓰는 것은 아니다.
거창의 동계종택은 사랑채가 각기둥으로 되어 있다. 누마루에 눈썹지붕을
받친 기둥은 원기둥이지만 사랑채는 각기둥을 사용하고 있다.

해남 녹우당은 조선 중기 건축으로 사랑채인 녹우당은 임금(효종)이
하사한 것이다. 고산 윤선도가 82세(1669)에 수원에 있던 집을 옮겨
안채와 합쳐진 ㅁ자 구조이다. 사랑채는 임금이 하사했음에도 원기둥을
사용했다. 원기둥을 사가에서 쓰지 못한다는 것은 구전일 뿐 실제로는
지방의 경제적 여유가 있는 상류 주택에서 널리 사용되었던 것 같다. 이
집은 안채에도 원기둥을 사용했다.

↑
안동 원주변씨간재종택및간재정. 사랑대청
누마루의 누상주는 원기둥이고 누하주는
팔각기둥이다.

2. 각기둥

각기둥, 즉 네모기둥은 한옥에서는 가장 일반적인 기둥이다. 일반 살림집에서는 사찰이나 궁궐처럼 장대한 건축물이 아니므로 배흘림·민흘림기둥을 쓰지 않는 데다 각기둥의 두께가 소박하고 자연스럽다.

상류층 한옥에서는 사랑채의 대청 앞이나 누마루에 원기둥을 많이 사용하지만 심벽의 기둥이나 창호의 양옆을 구성하고 있는 기둥, 안채의 기둥들은 주로 각기둥을 쓰고 있다. 이는 안채의 기둥 높이에 각기둥의 비례가 맞아 안정감을 주고, 목재가 덜 굵어도 되는 경제성 때문이기도 했으리라.

각기둥은 주로 사각이지만 팔각기둥도 있다. 사각의 주초로부터 팔각 돌기둥을 이어 올리고 나무 원기둥으로 마무리 되면서 기둥 하나로 시각적인 다양성과 안정감을 준다(함양 일두고택 누마루 활주). 사각은 동서남북 사방위를 나타내며 사계절, 사원소 등 모든 것을 가진 땅을 상징한다. 팔각은 사방위에서 한 번 더 나누어 팔방위를 나타내며 다양성을 상징한다. 원은 시작과 끝이 없는 무한한 확장의 모습으로 하늘을 상징한다. 기둥 하나로 우주의 원리를 품어서 집의 안정과 평안을 기원하고 있는 것이다.

상주 양진당 안채의 툇마루 앞 기둥은 기단부터 하나의 나무를 아래부터 위까지 통으로 세웠는데 마루 아래는 네모 각기둥으로, 마루 위는 원기둥으로 절묘하게 깎았다. 이는 시각적인 안정감을 주려는 의도도 있겠지만 기둥의 모양으로 지방천원을 상징하는 기운을 들이려는 염원도 있었을 것이다.

↑
함양 일두고택. 누마루 추녀를 받친 활주인데
사각 주초 위에 팔각 돌기둥, 그 위는 나무
원기둥으로 되어 있다.

↑
안동 정재종택. 사랑채가 각기둥으로 되어
있다.

한옥의 구성 → 기둥과 벽체 → 각기둥

↑
상주 양진당 안채. 누상주는 원기둥으로
누하주는 각기둥으로 다듬었다..

　　　　　한옥의 구성 → 기둥과 벽체 → 각기둥

↑
안동 송암구택. 안대청 대들보의 굴곡이
극심하다. 대들보를 받치는 기둥으로 각기둥
평주를 세웠다.

3. 고주, 평주

한옥의 기둥을 보면 전체적으로 건물 외곽은 평주平柱를 사용하고, 내부 기둥은 그보다 높은 고주高柱를 세워 구조체를 완성한다. 평주는 10척(1 尺은 30cm) 길이로서 툇기둥은 대체로 평주이다. 지붕의 기울기가 있기 때문에 내부의 기둥은 평주보다는 높은 고주를 사용한다.

일반 살림집에서 귀고주 즉 모퉁이에 세운 기둥인 우주隅柱를 평주보다 더 높게 하여 모서리를 받치면 시각적으로 균형이 잡힌다.

가사규제를 보면, 세종 13년(1431)에는 칸수에 대한 제한만 있었으나 세종 22년(1440)에 옹주와 종친, 2품 이상은 정침과 익랑의 기둥 높이 제한을 12척으로 정했다가 세종 31년(1449)에는 툇기둥이 9척, 차양이 있는 사랑은 8.5척으로 제한하였다.

예종 원년(1469)의 <경국대전>에 다시 칸수에 대한 제한만 있고, 성종 9년(1478)에는 민간의 건축이 화려하게 사치하는 경향이 있다면서 옹주, 종친, 2품 이상은 고주가 11척을 넘지 못하게 하였고 2품 이하도 동일하다. 고주는 기울기가 있는 지붕구조에서 더 높은 내부공간에 세우는 것이므로 신분에 따라 짓는 집의 규모에 따라 고주의 높이 규제가 달랐음을 보여주는 기록이다. 고종 2년(1865)의 <대전회통大典會通> 에는 칸수에 대한 제한만 있다.

↑
경주 양동마을 서백당. 안채 뒤편의 기둥과
인방, 나무벽의 검은색과 하얀 분벽이 대비가
선명하면서도 조화롭다.

4. 심벽, 회벽

심벽心壁은 가장 많이 쓰이는 한옥의 벽체이다. 벽의 틀을 만들기 위해 상하인방 사이에 중깃을 세워 버티고, 힘을 주기 위해 중간에 세로로 힘살을 보탠다. 그리고는 싸리나무, 수수깡을 이용하여 외엮기를 하여 벽틀을 만든다. 그리고는 양쪽에서 흙을 바르는데 양쪽에서 벽을 친다고 한다. 바르는 흙에는 여물을 썰어 넣어 갈라지는 것을 방지한다.

상류층 한옥에서는 여기에 소석회로 만든 회반죽을 덧발라 하얀 회벽, 즉 분벽粉壁을 만든다.

기둥과 기둥 사이에 가로지르는 부재인 인방을 적절히 분할하여 끼우면 벽체의 안정성과 강도가 높아지는데 벽체를 어떻게 분할하여 회벽을 조성하였는가에 따라 조형적 느낌이 달라진다. 마치 몬드리안의 그림이 주는 인상과 같이 가로 세로로 엇갈리는 나무들 사이에 석회를 바른 하얀 회벽은 단정하고 정갈한 느낌을 준다.

아름다운 집을 가리켜 분벽주란紛壁朱欄이라고 하는데, 이는 가로세로 나무로 구성된 '벽을 희게 바르고, 붉은 난간이 있어 아름답다'는 표현이다. 실제로 붉은 난간이 살림집에는 거의 없지만 한옥의 심미적 특성을 대비적으로 강조한 표현이다.

↑
보성 이진래 고택. 나무로 된 기둥과 중인방의
짙은 색과 하얀 회벽의 조성이 정갈하고
아름답다.

한옥의 구성 → 기둥과 벽체 → 심벽, 회벽

↑
안동 퇴계종택. 대문채 외벽을 화방벽으로
두껍게 쌓았다.

5. 화방벽

화방벽, 즉 화방장火防墻은 글자 그대로 불이 붙는 것을 방지하기 위한 벽체이자 담을 말한다. 화방벽은 대개 대문간이 있는 벽에 설치한다. 그 이유는 대문간이 대체로 아궁이가 있는 행랑채의 한 칸에 설치되기 때문에 불이 번질 가능성이 있어서 이를 예방하기 위함이다. 화방벽은 중인방 하부에 외를 엮어 흙벽을 쌓고 밖에 돌로 쌓은 반半화방벽이 많고, 내부가 방이나 곳간으로 되어 있으므로 윗부분에는 여닫이창이나 들창을 단다.

만드는 기법은 다양하지만 시각적으로나 물리적으로 가장 견고한 벽체라고 할 수 있다. 안동의 퇴계종택도 막돌을 바른층으로 쌓아 반화방벽을 만들고 위에는 여닫이 세살창을 달았다.

창호와 창살

안동 계상고택. 안방의 4분합 살창은 넓은 넉살과 만살로 되어 있고, 미닫이문은 아亞자살이다.

↑↑
봉화 남호구택. 사랑채 4분합문을 두 짝씩
들어 올려 걸쇠에 올려 두었다.

↑
안동 후조당 종택. 제청을 측면에서 바라본
모습이다. 청판이 있는 분합문을 두 짝씩 접어
올리면 처마보다도 길게 밖으로 뻗어 나온다.
오른쪽에 장자가 거처하던 양방養房이 보인다.

1. 여러 가지 창호 — 1

1 문
한옥에서 문은 상징적이다.
제사를 지낼 때 혼백이 드나들
수 있도록 문을 열어두는 것,
봄맞이 입춘방을 대문 앞에
붙여서 복을 기원하는 것,
동짓날 팥죽을 문에 뿌려
들어오는 액운을 막을 수
있다고 믿는 것도 그러하다.
점필재의 문집에 보면, '지금도
그 문지방 위, 아련히 그 모습이
보이는 듯하다至今門闌上
仿佛看遺容(문집 1, p338)'
고 읊고 있다. 이것을 보면,
신라시대 처용의 아내를 범한
역신이 처용의 화상만 보아도
그 집에 들어가지 않겠다고
맹세한 대로 처용의 화상을
문에 붙여 궂은일을 막으려
했던 풍습이 조선 전기에도
여전했음을 전하고 있다.

2 걸쇠
들어걸개 분합문을 두 짝씩
접어 올려 얹을 수 있게 대청의
천장에 매달린 쇠로 만든
고리. 들쇠라고도 한다. 박쥐·
말발굽·나비 문양 등이 있다.

한옥의 문[1]과 창은 창호窓戶라고 한다. 창은 대개 두 짝이고 호는 한 짝을
말하므로 합쳐서 창호라고 하는 것이다. 창과 문의 구별은 모호하지만
대개 드나들면 문이고 머름 위에 설치되어 있어서 드나들지는 않고 빛과
볕을 조절하고 환기를 위해 여닫기만 하면 창으로 정의한다.

한옥에서 계절적으로 가장 유용한 문은 방과 대청 사이에 설치하는
들어걸개문 즉 분합문이다. 분합分閤이라 함은 나누고 쪽을 낸 문이라는
의미로 둘로 나누면 2분합이고, 넷으로 나누면 4분합이 된다. 예외적으로,
문을 3등분하여 한 짝만 접힌 상태에서 들어걸개를 하는 분합문도 있고,
4분합 크기의 문을 통째로 들어 올려 걸쇠[2]에 얹도록 만든 문도 있다.
여름에는 두 짝씩 접어서 들어 올린 후 전체를 개방하여 방안과 마루가
이어지며 확장되고 집안과 마당이 하나로 트여 바람이 자유로이 넘나들고
시야는 담 너머 멀리까지 닿는다.

→
안동 지애정. 걸쇠의 문양이
화려하다.

→ →
안동 읍청정. 분합문을
올려두지 않아서 걸쇠
모양이 선명하다

↑
안동 후조당 종택. 사랑채 전면의 분합문을
들어 올려 걸쇠에 걸어둔 모습이다. 확 트인
대청에서 담 넘어 먼거리 전경을 차경하여
즐길 수 있다.

한옥의 구성 → 창호와 창살 → 여러가지 창호—1

↑↑
안동 후조당 종택. 사랑채의 사랑방, 사랑 대청
쪽의 문은 불발기문이고, 명장지는 빗살로
되어 있다.

↑
안동김씨묵계종택. 5량집의 구조미가
드러난다. 4분합문의 가운데만 불발기문으로
만들었다. 말발굽형 걸쇠도 보인다.

3 명장지明障子와 맹장지盲障子

살창에는 창호지를 바른다. 한지라고 부르는 닥나무로 만든 질기고 하얀 종이인데 살을 밖으로 두고 안쪽에 바른다. 창호지를 안쪽에 바르면 내부는 더 안온하고 부드러운 느낌을 준다. 이렇게 한쪽에만 창호지를 바르면 안의 불빛이 더 환하게 밖으로 비치므로 명장지라고 한다. 이와 달리 빛이 투과하지 않도록 양쪽에 창호지를 바르면 맹장지라고 한다.

불발기문은 의도적으로 명장지明障子와 맹장지盲障子[3]를 조합하여 만든다. 아래 위는 창호지를 창살의 앞과 뒤에 모두 발라 맹장지로 하여 불빛이 잘 투과하지 않도록 하고, 가운데는 사각형이나 팔각형 울거미에 빗살·만살·완자살 등을 짜 넣고 방 안쪽에만 한지를 발라 명장지로 만든다. 불발기문은 창에는 사용하지 않고 주로 사랑방과 대청 사이의 4분합문에 설치한다. 방과 대청의 크기에 따라 2-4짝을 설치하고 두 짝씩 접어서 들어걸개로 걸쇠에 걸 수 있다. 이리하면 공간은 폐쇄성과 개방성을 조절할 수 있게 된다. 들어 올리면 방과 대청은 하나로 연속되어 공간감이 확장되고, 통풍도 잘되어 시각적으로나 감각적으로나 시원한 여름나기에 적합하다. 불발기문은 아래위가 맹장지이므로 대청에서 볼 때, 가운데 네모·팔각부분만 불빛이 밖으로 새어 나와 마치 등불을 밝힌 듯하다. 방안에서는 불을 꺼도 밖의 달빛이 어스름하게 비치니 안팎에서 유용하다. 불발기문은 대청의 대들보와 연등천장의 서까래, 중후한 기둥들의 구조미와 어울리고 시각적인 장식성도 돋보인다.

↑ ↑
경주 창은정사. 사랑채 안고지기문인데
가운데 짝을 밀어 얹은 후 여닫이로 열어젖힐
수 있다.

장지문은 방과 방 사이, 방과 마루 사이 칸을 막기 위한 문인데 문지방에 얹어 시선을 차단하도록 만든 가벼운 문이다. 문지방에 얹혀서 좌우로 이동을 해야 하므로 너무 무거우면 안 된다. 또한 거주하는 사람이 문지방을 쉽게 넘나들어야 하므로 문턱은 그리 높지 않다. 시선만 차단하므로 명장지로 만들고 아랫목 쪽으로 문종이를 발라 마치 아래쪽 방은 안이고 윗방은 밖인 듯이 사용한다. 아래 윗방을 혼자 사용하면 장지문은 늘 열려 있다. 그러나 아래 윗방의 사용자가 다르면 상황이 달라진다. 특히 취침을 하거나 옷을 갈아입는 등의 내밀한 행동을 알리기 위해서는 헛기침으로 예를 차려 행동거지를 조심한다. 방과 방사이의 장지문은 보통 네 짝 미서기문으로 만든다.

안고지기문은 미닫이여닫이문이라고도 한다. 미서기문은 홈이 두 줄이고 두 짝만큼만 열리는데 네 짝 모두 열기 위해 미닫이여닫이를 복합하여 고안한 독특한 문이다. 벽 쪽의 양쪽 미닫이 아래쪽에 한 줄 홈을 만들고, 가운데 두 짝을 양쪽 미닫이의 홈 위에 각각 밀어 넣은 후 여닫이로 벽을 향해 열어젖히면 두 개의 공간이 하나로 연결되는 개폐 방식이다. 논산 명재고택과 경주 양동의 창은정사에 안고지기문이 있다.

두 개의 공간을 트는 방법으로 들어걸개 분합문이 있지만 안고지기문은 밀고 열어젖히면 되므로 공간 개폐가 보다 간편하다.

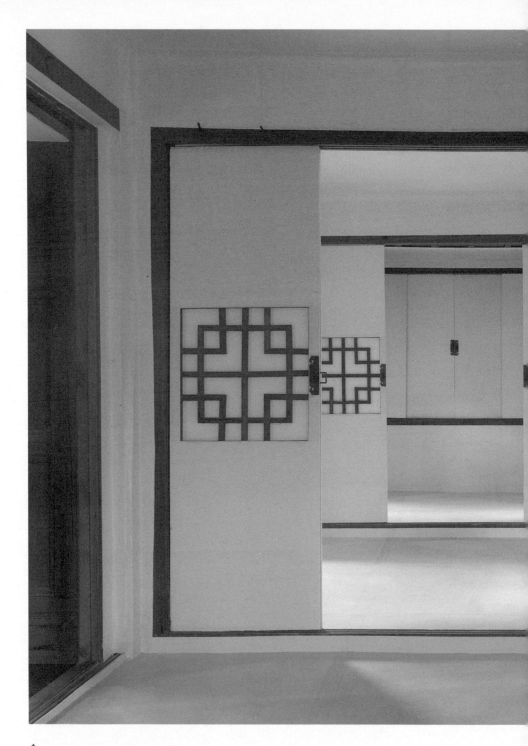

↑
대구 광거당. 방 사이사이에 불발기 장지문이
문지방 위에 올려져 있다. 사이 장지가
불발기문인 것도 3칸의 방이 연이어 있는
것도 독특하다.

274

한옥의 구성 → 창호와 창살 → 여러가지 창호—1

←
↓
경주 창은정사. 위는 밖에서
본 눈곱재기창이다. 아래는
방에서 본 것인데 이 창을
열면 중문이 보인다.

여러 가지 창호 — 2

사람이 드나들지는 못하지만 특수한 용도가 있는 창들이 있다.

눈곱재기창은 밖으로 나가지 않고도 방에 앉아서 밖에서 무슨 일이
일어나고 있는지 살필 수 있는 앙증맞고도 기능적인 창이다.
눈곱재기창이라는 이름이 작다는 데서 유래된 만큼 크기가 아주 작다.
안방의 아랫목 가까운 위치에 앉아서도 열 수 있는 작은 여닫이 창인
경우도 있지만, 불투명의 한지 창호 일부에 맑은 유리를 끼워 밖을 내다볼
수 있게 만든 것도 있다. 이는 문을 열지 않고도 내다볼 수 있으나 유리가
사용되었으면 후대의 것이다.

→
청송 송소고택. 아亞자창에
눈곱재기창을 만들었는데
유리를 끼웠으니 후대의
것이다.

한옥의 구성 → 창호와 창살 → 여러가지 창호—2

↑↑
안동 정재종택. 들창의 막대를 빼면 벼락같이
닫히기 때문에 벼락닫이창이라고도 한다.
안쪽의 유리창은 후대의 것이다.

↑
함양 일두고택. 행랑채 화방벽 위에 설치된
들창이다.

들창은 경첩이 위에만 달려 있어서 문 아래를 들어 바깥으로 밀어 올린 후 막대기로 괴는 창이다. 대개 바깥 행랑채 방의 외벽은 화방벽으로 되어 있으므로 환기와 채광을 위해 윗부분에 가로로 길게 세살 들창을 만들었다. 이 들창은 막대기를 빼내면 벼락같이 닫히므로 벼락닫이라고도 한다. 이러한 벼락닫이 들창은 바깥 행랑채에 방을 들일 경우에 채광을 위해 만든다. 다락에 벼락닫이가 설치되기도 한다.

창이란 채광과 환기가 기본 목적이다. 따라서 그냥 뚫어 채광과 환기를 위해 만드는 것이 가장 원형적인 창일 것이다. 봉창封窓은 구멍만 뚫어 놓은 것도 있고, 살을 가로세로로 엮어 끼워 둔 것도 있다. 손이 닿지 않는 높은 위치에 창살과 문종이를 발라 만든 봉창도 있고, 높은 위치에 있지만 환기를 더하기 위해 여닫기도 할 수 있는 봉창도 있다.

상류층 한옥에 봉창이라고 부를 만한 것은 헛간이나 마구간 정도에만 있으나 거기에서 유래하여 빛을 더하기 위한 작은 창을 손이 닿지 않는 높은 위치에 설치한 곳은 다수 발견된다.

한국인들은 뜬금없이 엉뚱한 얘기를 할 때, '자다가 봉창 두드리는 소리를 한다'고 말한다. 이는 전혀 관계없는 소리를 한다는 비유적 표현이다. 어찌해서 이러한 표현이 생겼을까? 봉창은 대강 만든 고정된 창이므로 잠결에 봉창을 문으로 알고 두드려도 열리지는 않고 소리만 난다는 뜻이다. 즉 잘못 알고 헛소리할 때 비유적으로 쓰는 표현인 것이다.

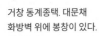
→
거창 동계종택. 대문채
화방벽 위에 봉창이 있다.

↑
정읍 김명관 고택. 부엌에 붙박이 세로살창이
환기를 위해 길게 설치되어 있다.

세로살창은 부엌의 연기를 빼내고 환기를 목적으로 세로로 막대를 끼워 만든 붙박이창이다. 부엌의 아궁이에 불을 때면 그을음이 나와 살창을 통해 빠져 나가는데 세월이 지나면서 그을음이 묻어 거무스름하게 변해 있는 부엌 살창을 흔히 볼 수 있다. 안채의 큰 부엌은 마당 쪽으로 문이 없이 개방되어 있는 집도 많다. 아마도 수시로 드나들고 연기와 수증기가 많은 곳이라 마당 쪽을 터놓은 것 같다. 부엌에서는 음식을 만들기 위해 계속 움직이고, 아궁이에 불을 피우고, 가마솥을 뜨겁게 달구느라 추위를 못 느낄 것 같지만 벽 한 쪽이 트여 있어 한데와 다름없는 곳에서 온종일 일했을 노비들의 고충을 짐작하기 어렵지 않다.

→
안동 계상고택. 안채 안방의
봉창이다.

↑ ↑
안동 번남고택. 사랑방의 영창, 용用자살의
가로대와 세로대가 대범하다.

↑
창덕궁 연경당 행랑채. 영창은 용자창이고
덧창은 세살창이다.

여러 가지 창호 — 3

1발
창문에 내부를 시각적으로
보호하기 위해 치는데 대나무를
촘촘히 엮어서 만든다.
겨울에는 두꺼운 직물로
방장을 만들어 발처럼 드리워
창으로부터 들어오는 한기를
차단하기 위해 솜을 두어 누빈
것은 무렴자라고 한다.

그 외에도 기능에 따라 구분하자면, 빛을 받아들이기 위한 영창, 보온을 위한 덧창, 벌레를 막기 위한 사창, 미닫이를 밀어 넣어 보호하기 위한 갑창, 창의 위쪽에 채광과 환기를 더하기 위한 광창이 있다. 상류층 한옥에서는 보통 밖에서부터 두 짝 여닫이 덧창, 그 안에는 창호지를 안쪽에만 바른 미닫이 영창影窓을 달았고, 여름에는 미닫이 영창을 빼고 사창을 달았다.

덧창은 추운 겨울이 아니면 낮에는 거의 열어두는데 세살여닫이창으로 만든다. 영창은 창살과 머름의 높이, 청판의 유무와 크기가 방의 밝기를 결정한다. 빛을 받아들이는 정도를 고려하여 남쪽 지역의 창살은 더 간격이 좁고, 북쪽 지역의 창살은 더 성글다. 가장 살대가 듬성듬성한 것이 용用자창이다. 방 안쪽에 두껍게 가벽을 만들어 그 안으로 문이 들어가도록 만든 장치는 두껍닫이 혹은 갑창이라고 하는데 미닫이 영창이 그 안으로 들어가게 만든다.

이처럼 빛을 받아들이기 위한 창을 영창이라고 한다. 쌍으로 되어 있으면 쌍영창이라고 하고, 영창을 열면 마당과 담벼락이 어울려 그림이 되고, 멀리 담 너머 경치를 즐길 수도 있으므로 향도 중요하지만 영창의 크기와 위치가 매우 중요하다.

사창紗窓은 한옥의 창 중에서 기능적이면서도 아련한 아름다움을 주는 창이다. 안방의 미닫이창과 덧창에 사창까지 붙여 놓으면, 안으로부터 가늠할 때 영창, 사창, 덧창까지 3개의 창이 부착되므로 상류층 한옥에서나 가능한 호사스러운 창이라고 할 수 있다. 여름에 사창을 끼울 홈이 없을 때는 미닫이 영창을 떼어내고 그 자리에 사창을 끼우기도 한다.

↑
안동 정재종택. 사랑채 사창 위에 정재편액과
가부장의 건강을 바라는 '父主康寧'이라 쓰인
입춘방이 보인다.

사창은 문울거미에 얇게 비추이게 짠 갑사천을 발라 벌레가 드나드는 것도 막고, 더운 여름날에 창호를 모두 열어두었을 때 바람은 통하지만 방안이 아련하여 잘 보이지 않게 만든 것이다. 갑사천 대신 삼베를 바르기도 한다. 주로 창에 설치하는데 홈이 두 줄이어야 하므로 영창과 사창을 같이 설치한 한옥은 드물다. 그만큼 규모가 크고 든든한 한옥을 지을 경우에나 적용한 창이다. 이는 벌레를 막기 위한 것이라고 볼 수도 있지만 하인들도 드나드는 안채에서 안방과 건넌방의 내부가 훤히 보이는 것을 방지하려는 의도도 작용했을 것이다. 같은 용도로 사용되는 발[1]이 있다. 발은 시각적으로는 차단하지만 벌레를 막지는 못하므로 사창이 더 효과적인 장치라고 할 수 있다.

채광을 목적으로 창의 윗부분이나 다락에 넓게 달아 만든 것은 광창廣窓이라고 한다.

영쌍창欞雙窓은 구조적인 표현이다. 즉 영欞은 두 짝 창의 중간에 있는 살대를 의미하고, 중간 살대가 있는 창은 대개 쌍으로 되어 있어서 영쌍창이라고 한다. 조선 전기를 거쳐 중기까지는 흔했으나 중간 살대가 시야를 가리므로 돌쩌귀가 정교해진 조선 후반기 한옥에서는 사라졌다. 안동 탁청정, 예산 추사고택, 상주 양진당 등에 영쌍창이 있다.

→
안동 탁청정. 영쌍창인데 창을 열면 가운데 살대가 있어서 시야를 가린다.

↑
안동 소호헌. 대청의 북쪽에 있는 판장문도
중간 살대가 있다.

↑
안동 후조당 종택. 양방의 여닫이 세살창이
중간살대가 있는 영쌍창이다.

←
장흥 죽헌 고택. 아래는
여닫이 세살 덧창이고, 위의
빗살, 숫대살로 된 창은
붙박이 광창이다.

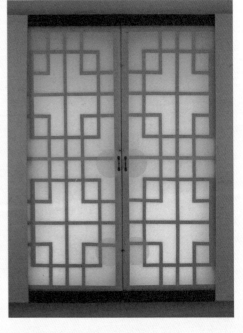

2. 여러 가지 살창

문울거미에 가느다란 살대를 다양하게 짜 넣어 창살을 만든 것을
살창이라고 한다.

많이 사용하는 살대가 세살인데 띠살이라고도 부른다. 주로 여닫이 덧창에
많이 쓰인다. 세살에는 기후와 지역에 따른 빛과 볕의 활용 지혜가 담겨
있고, 살의 숫자에 미래의 염원까지 반영되어 있다.

세살은 긴 수직살대를 일정한 간격으로 내리고, 3-6개의 짧은 수평살대를
상중하 부분에 교차시켜 만든다. 가로 질러 교차하는 짧은 살대에는
일정한 규칙이 있다.

세로로 내린 수직 살대는 문의 폭에 따라 개수에 차이가 있지만,
가로지르는 살대 수는 음양의 원리를 따른다. 상하부에 가로지른 수평살대
수가 음의 수(짝수)이면 중간의 살대를 1-3개 많은 양의 수(홀수)를
끼운다. 상하부에 가로지른 수평살대의 수가 양의 수일 때는 중간에 1-3개
적은 음의 수만큼 교차해 끼워서 음양의 조화를 맞춘다. 이렇게 하면
시각적으로도 안정되고 아름답다.

상중하 창살을 음양의 숫자로 맞춘다는 것은 무슨 염원이 담긴 것일까?
음양은 원래 자연현상이 음양의 작용을 통해 이루어지면 만물이 생성
변화한다는 이론에서 나온 것이다. 이는 기氣를 통해 이루어지며 조화롭게
생성과 존립, 순환하는 원리를 의미한다.

따라서 한옥의 수많은 세살 덧창에 음양이론이 담기는 것은 이를 통과하여
집안에 들어오는 모든 기운을 조화롭게 순환시키고자 하는 염원이 발로된
것이라고 보아야 할 것이다.

한옥의 상징성은 여러 요소에서 나타나지만 살 짜임에도 반영된다.
성리학이 전개되면서 예禮를 강조하게 되고 집은 이를 구현하는 장이
되었다. 남녀유별은 안채와 사랑채를 별개의 채로 분화시켰고, 창과 문의
살 짜임에도 반영되었다.

아亞자는 '버금간다'는 뜻이므로 여자가 사용하는 안방에 주로 사용된다.
덧창인 세살창은 거의 열어젖혀 있으므로 밖에서 볼 때 살창의 문양이
아亞자살이면 더 우아하고 단아한 느낌을 주기 때문일 것이다. 그러나
안동 후조당 종택은 사랑채에 아亞자살을 사용하고 있다.

←←
안동 후조당. 후조당 방의 아
亞자살이다.

←
대구 광거당. 광거당 방의 완
귄자살이다.

↑
함양 개평마을 참판댁(현
정순오씨댁). 사랑방이
숫대살이다.

→
경주 양동 무첨당. 사랑방의
창문이 용用자살창. 대개는
세로대가 한 개지만 이 창은
가로가 넓어 세로대가 두
개로 되어 있다.

완자살은 만卍자를 기본으로 하는데 卍자는 공덕의 원만함을 나타내는 불교적인 의미가 강하다. 의미를 본다면 집안을 다스리는 자의 공덕의 원만함을 상징할 뿐만 아니라 문양이 다양하고 응용 범위가 넓어서 남자의 방에 주로 사용되었다.

아자살과 완자살은 얼핏 구분하기 어려운 점도 있으나 살 짜임의 중앙이 비워지면 대개 亞자살이고 서로 교차하여 卍자가 두드러지면 완자살이다. 숫대살은 가로 세로 산算가지를 놓은 모양으로 살대를 짜 넣은 것이다.

용用자살은 살의 숫자가 적고 간결하여 장식적이라기보다는 소박하고 검소한 느낌을 준다. 이는 가부장의 검박한 가치관을 드러내 보이기 좋은 살 짜임이다. 살 짜임이 간결하고 수가 적어 빛이 더 잘 투영된다는 장점이 있다. 그런데 따뜻한 남부지방의 구례 운조루 고택 사랑방의 용用자살은 방문 위에 걸린 '守分室'이라는 편액으로 인해 분수를 지키며 살겠다는 가부장의 검박함을 거듭 상징하고 있다. 용자살은 세로대가 1개인 것이 정석이지만 세로대가 2개 이상인 것도 있다.

↑
안동 의성김씨학봉종택. 사랑채
귀갑살창이다.

1 오령
다섯 가지 신령한 동물로서 거
북·봉황·범·용·기린을 말한다.

귀갑龜甲살은 거북이 등껍질의 문양과 비슷하게 팔각형으로 살 짜임이
드러나는 문양이다. 거북이는 십장생과 오령五靈[1] 중의 하나로 장수를
상징하고, 상서로우며 신령한 동물로 여겨져 사대부가 창호의 살 짜임에
자주 적용되었다. 귀갑살은 단지 상징성뿐만 아니라 문양의 심미성도
훌륭하다. 팔각형은 단순 연결 혹은 겹쳐진 문양으로도 아름답지만
연속적으로 겹쳐진 팔각형 안에 다른 살 짜임을 추가하여 더욱 정교한
아름다움을 드러낸 살창도 있다.

때로는 창호의 안과 밖에 다른 살 짜임을 넣기도 했다. 낮에는 밖에서
용자살로 보이지만 밤에 달빛이 창호에 드리우면 안의 문살이 더해지면서
아름다운 귀갑문으로 둔갑하는 효과를 구사하기도 하였다. 선조들은
시간이라는 요소를 더하여 살 짜임의 심미성에 상징성을 구현하는 감각도
보여 주고 있는 것이다.

가로대와 세로대가 교차하는 칸의 크기를 촘촘하게 직교하여 짠 창호의 살
짜임을 만滿살이라고 한다. 이러한 만살이 사선으로 직교하여 짜이면
빗살이 된다. 성글게 짜인 만살은 흔히 넉살이라고 부른다.

만살과 빗살은 거처하는 방의 창호에는 잘 이용하지 않고 붙박이로
설치되는 광창이나 사찰 등지에 많이 쓰였다. 촘촘한 만살과 빗살은
아무래도 경건하고 정돈된 느낌을 주기 때문일 것이다. 안동지역에서는
아주 성근 넉살이 살림집 창호에서 많이 발견된다.

일제강점기를 거친 탓인지, 중수한 반가 한옥에서 한 칸의 가로세로
길이가 다른 격자格子살이 더러 발견된다. 일본은 창호지를 바깥쪽에 발라
실내에 단정한 느낌이 강조되는 데 반해 한국은 창호지를 안쪽에 발라
실내에 아늑한 느낌이 들게 한다.

↑
안동 정재종택. 사랑방 귀갑살창이다.
팔각형이 작고, 중첩 없이 간결하게 연결되어
있다.

한옥의 구성 → 창호와 창살 → 여러가지 살창

↑
안동 체화정. 세살·넉살·빗살로 살창의 조합이
다양하다. 양쪽은 여닫이문이다. 가운데는 넉살
중앙을 뚫어 세살여닫이창을 단 것이 독특하다.

한옥의 구성 → 창호와 창살 → 여러가지 살창

↑
안동 이우당종택. 아래에 청판이 있는
만살문이 촘촘하고 정교하다.

↑
아산 외암마을 건재고택. 살림집에는 드문
빗살 4분합문이 사랑대청 각기둥 사이에
설치되어 있다.

한옥의 구성 → 창호와 창살 → 여러가지 살창

↑
안동 산남정. 방의 세살문이 서로 만나는 면에
문풍지를 붙여 놓았다. 문풍지를 발라 놓으면
도르르 말려서 문을 닫았을 때 생기는 틈을
막아 준다.

↗
안동 소호헌. 약봉태실의 문풍지.

3. 문풍지

문풍지란 한옥의 창호가 잘 들어맞지 않을 때 마주 보는 창호의 한쪽에 붙여 두어서 열기가 빠져 나가거나 찬바람이 방안으로 쉽게 들어오지 못하도록 발라둔 종이이다. 완벽하게 맞물리지 않는 창이 환기에는 유리하지만 겨울에는 찬 공기가 드나들어 실내에 한기를 들인다. 그럴 때는 창의 안쪽에 문풍지를 붙여서 서로 잘 맞물리지 않아 바람이 드나드는 창호를 보완한다.

꼭 들어맞지 않고 사이가 뜬 창호를 얇은 종이 한 장으로 막을 수 있다고 생각하여 붙인 문풍지를 한국인의 여유로운 사고와 비유한 글도 있다. 겨울의 칼바람에 부르르 떠는 문풍지를 바라본 경험이 한국의 겨울 풍경을 회상하는 경험 속에 녹아 있어서 정서적인 교감을 일으키기도 한다. 이처럼 문풍지는 한국인의 융통성과 여유를 상징하는 문학적이고 정서적인 장치로도 묘사된다.

잘 만든 창호는 양쪽의 마주 보는 부분을 요철凹凸로 꼭 들어맞게 만들기도 한다. 영창에 덧창을 달고 겨울에는 두툼하게 누벼 만든 방장房帳까지 두르므로 꼭 문풍지를 붙일 필요가 없었다. 그러나 창호가 정교하게 잘 맞지 않는 경우에는 겨울에 반드시 필요한 것이 문풍지이니 서민주택에서 더욱 유용했을 것이다.

↑
함양 일두고택. 사랑방 세살 덧창 아래의
머름이 가지런하다.

4. 머름

머름은 창문이 달리는 문얼굴 하인방 아래에 있다. 머름은 문지방보다
높기도 하고 드나들 수 있는 높이이지만 드나들지 않기 때문에 머름이
있으면 창문으로 규정된다. 창가에 앉았을 때 팔꿈치를 올려놓기 편한
높이인 30~45cm로 만들어 붙여서 시각적으로 안정감을 주고 자세를
받쳐준다.

머름은 난방을 하는 방바닥의 온기가 빨리 밖으로 빠져나가지 않게 하고,
방에 누운 사람이 밖에서 보이지 않게 한다.

머름은 긴 널을 통째로 대는 통머름도 있지만, 대체로 머름동자를 끼우고
사이사이에 머름청판을 끼워 만드는데 그 비례가 아주 중요하다. 머름의
한 칸이 너무 넓거나 낮으면 정면이 정교해 보이지 않고, 너무 좁으면
조악해 보이기 때문이다. 머름은 머름대 혹은 머름상방과 머름동자,
머름청판을 어떻게 결구하고 치목하는가에 따라 창의 아래에 안정감을
주고, 시각적인 아름다움도 선사한다. 머름동자는 머름상방에 인人자
모양의 제비초리맞춤으로 결구한다. 머름의 양쪽 끝 좀 넓은
어의동자에는 머름동자를 액자틀의 모서리처럼 45도의 연귀맞춤으로
결구하여 세심하게 짜 맞춘다.

↑
안동 고산정. 이 골판문은 원판을 잘라
통판으로 끼워 만들어서 청판에 이음새가
없다. 위에는 빗살 광창이 달려 있다.

5. 판문

나무로 만든 문이 판문인데 두 가지 방식이 있다.

문이라고 하면 드나들기 위한 것이 주요 목적이지만 드나들기보다는 대청 뒤쪽에 설치하여 주로 열어 젖혀두고, 밤이나 계절적으로 눈과 비를 막거나 차단의 목적으로 사용하는 문은 골판문으로 만든다. 골판문은 문울거미에 청판을 끼워 만든다.

나무로 만들지만 방법이 좀 다른 판장문이 있다. 판장문은 문울거미가 없이 널판을 잇대어 만드는데 널판문이라고도 한다. 크고 두툼하게 만들 수 있으므로 대문, 부엌의 앞뒤 출입문, 고방이나 곳간, 광채의 문에 주로 사용한다.

→
정읍 김명관 고택. 안채 부엌의 판장문을 두툼하고 튼튼하게 만들었다.

천장과 반자

→ 1. 연등천장
→ 2. 눈썹천장
→ 3. 평반자
→ 4. 우물반자
→ 5. 고미반자

안동 소호헌. 누마루 구조의 천장처리가 다양하다.

↑
거창 동계종택. 연등천장 마룻도리 아래
받침장혀에 상량문이 쓰여 있다.

1. 연등천장

서까래는 지붕과 기와의 하중을
받아 구조체에 전달한다.
대청에서 위를 올려다보면
서까래의 길이와 개수는 곧
지붕의 크기요 집의 크기를
의미함을 알 수 있다. 김집金
集, 1574-1656은 그의 시에서
작고 누추한 집을 '백옥수연
白屋數椽'이라고 하였다.
누추한 집은 화려하지 않다는
의미에서 백옥白屋으로, 몇
개의 서까래를 걸었으니 집이
작다는 것을 표현하고 있다.

2 상량문
상량문은 집을 새로 짓거나
고친 집의 내력, 공역 일시
등을 상량대에 적어둔 것이다.
상량대는 마룻도리宗道里나
받침장혀이다. 상량문은 집의
좌향과 개기開基·입주·상량한
날짜와 시각을 한 줄로 내려
쓰고, 그 아래에 기원의 글귀를
적는다. 이 글의 아래 위에 '龍·
龜'자를 써서 천리에 순응하는
집을 지었음을 하늘에 고한다.

안대청이나 사랑대청의 천장은 반자를 구성하지 않고 서까래[1]가 그대로 노출되어 있다. 일정한 간격으로 걸어둔 평서까래 사이사이는 회칠로 마감하는데 이러한 천장을 연등천장이라고 한다. 서까래는 지붕물매를 결정하며 산자와 지붕널을 받는 부재로서 너무 말끔하게 다듬기 보다는 굽은 그대로 설치하여 자연스럽고 여유롭게 만든다.

연등천장은 나무색과 하얀 회칠이 잘 어우러져서 대들보와 동자주·종보·마루대공·기둥과 함께 대청공간의 구조미를 드러내는 데 중요한 역할을 한다. 연등천장의 모퉁이 추녀 좌우에는 부챗살처럼 모이고 퍼진 선자서까래扇子椽를 건다.

연등천장을 올려다보면, 중앙의 마룻도리 아래 받침장혀 배 바닥에 먹 글씨로 쓴 상량문上樑文[2]을 볼 수 있다.

↑↑
안동 체화정. 들보와 직각으로 걸리는
충량 위의 외기 부분에 눈썹천장을 만들고
우물반자로 마감하였다.

↑
경주 창은정사. 들보에 직각으로 걸리고
다른 쪽은 평주에 걸친 충량이 우미량으로
걸려 있다.

2. 눈썹천장

1 외기
팔작지붕에서 중도리가 양쪽
협칸으로 내민 보 형식으로
빠져나와 틀을 구성한 부분을
외기라고 한다. 보통 ㄷ자
모양으로 짠다.

2 충량
측면이 2칸 이상인 건물에서
한쪽은 들보에 걸리고 반대쪽은
측면 평주에 걸리는 보를
충량이라고 한다. 들보와는
직각을 이루게 되는데 들보
쪽이 높기 때문에 굽은 보를
사용한다.

→
예천 초간정. 팔작지붕의
양쪽 끝부분 천장에
평서까래, 선자서까래,
우물반자로 된 눈썹천장이
모두 보인다.

팔작지붕은 측면 외기外機[1]부분을 가리지 않으면 서까래 말구가
안쪽에서 보이게 된다. 말구가 보이지 않도록 팔작지붕 양쪽 측면의
외기에 구성되는 작은 천장을 눈썹천장이라고 한다.

측면 2칸 이상의 팔작지붕에서 외기는 충량衝樑[2]으로 지지되고, 보
방향과 도리 방향의 외기도리가 교차되는 부분에 추녀를 건다. 그러면
추녀 뒤 뿌리와 측면 서까래의 말구가 외기에서 노출되므로 이를 가리기
위해 작은 천장이 필요하여 눈썹천장을 만드는 것이다. 대개 우물반자로
처리한다. 눈썹천장 안에는 공간이 있으므로 중수 시에 이곳에서 분재기
등 고문서들이 발견되기도 한다.

↑
안동 지촌종택. 사랑방에는 부엌이 붙어
있지 않으므로 벽체를 밖으로 내밀어 벽장을
설치했기 때문에 벽장 바닥이 낮다. 천장은
평반자이다.

3. 평반자

가늘고 길게 켠 목재를 말한다.
천장을 가설하기 위해서도
필요하고, 처마를 가설할 때도
오리목으로 평고대를 설치한다.

지붕 아래를 가려서 치장한 상부 구조를 반자라 하는데 수평면으로
평편하게 꾸민 것은 평반자라 한다. 대개의 온돌방은 평반자인데 지붕
밑을 단순히 가리고 방을 아늑하게 하기 위해서는 평판자를 만드는 것이
일반적이다. 그러나 지붕 밑을 공간화 하여 사람이 올라가거나 물건을
수납하는 경우는 무게를 지지해야 하므로 우물반자나 고미반자로
튼튼하게 만든다.

평반자의 구성은 벽과 천장과의 접속부에 반자돌림띠를 두르고 반잣대를
천장에 수평으로 짜넣고 오리목[1]을 건너지른 후 반자지를 바른다.
반자널을 대기도 하지만 최종 마감은 대개 반자지를 붙인다. 지붕아래
천장에 평반자를 구성하고 반자지를 바르면 좌식생활에 맞는 아늑한
실내가 된다.

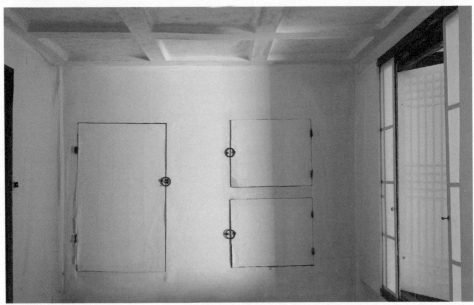

↑↑
안동 진성이씨 온혜파 종택. 퇴계선생이
태어나신 태실 누마루의 천장이다.

↑
정읍 김명관 고택. 천장 위가 수장고이므로
견고한 우물반자로 만들고 종이를 발랐다.

4. 우물반자

우물반자는 한옥의 천장 중에서 가장 정교하고 튼튼하며 장식적이다.
우물 정井자 형으로 반자틀을 짜고 그 위에 널판을 끼워 만드는데 열
십十자로 만나는 네모의 맞춤 부분은 45도로 접어 연귀맞춤으로 한다.
연귀맞춤 방법에도 여러 가지가 있는데 어떤 형태로 얼마나 정교하게
만드는가에 따라 장식성에 차이가 난다.

우물반자로 천장을 튼튼하게 만들면 사람이 올라가거나 물건을 수납하기
적당하다.

팔작지붕은 측면 외기에 걸린 서까래 끝이 안쪽에서 보이게 되므로 이를
가리기 위해 크기가 작은 눈썹천장을 외기 부분에 설치하는데 대개
우물반자로 만든다.

가계계승의 방법에 따라 사용자의 지위에 따라 반자의 격에 차이를 두어
상징적으로 보여주는 예가 있다. 정읍 김명관 고택 사랑채의 큰 사랑방과
작은 사랑방은 가계계승의 위계를 방의 장식성으로 극명하게 보여준다.
큰 사랑방은 두 칸 크기에 우물반자로 되어 있고 천장 위는 복직이방을
통해 출입하는 수장 공간으로 되어 있어 중요한 물건을 둔다. 그런데 옆에
붙은 작은 사랑방은 종신형 가계계승의 수업기간을 보내는 장자의
방으로, 천장도 낮고 지천을 베풀어 검소하기 이를 데 없다.

대청의 천장은 대개 연등천장으로 만드는데 그러면 서까래가 노출되므로
수납공간이 따로 없다. 그런데, 안동 후조당 종택은 대청이 우물반자로
되어 있고, 안동댐 수몰로 이건 시에 대청 우물반자에서 입향조로부터
이어온 6백년 의 분재기가 나와 보물로 지정되었다.

↑
안동 번남고택. 상방의 고미반자인데 벽장은
벽체를 밖으로 빼어 만들었으므로 바닥이
낮고 높이가 있다.

5. 고미반자

고미반자는 가로지른 굵은 나무 위에 가는 나무를 엮고 진흙을 두껍게 바른 반자를 말한다. 고미반자를 만들려면 천장의 보와 보 중간에 고미받이를 건너지르고 서까래를 걸 듯 고미가래를 얹은 후 가는 오리목이나 싸리나무 등으로 엮은 산자橵子를 올리고 흙을 발라 마감한다. 약간 경사지게 만들면 빗반자라고도 한다.

부엌이나 헛간 상부에는 고미받이 없이 고미가래만 수평으로 걸어 고미반자를 만들어 다락이나 수장 공간으로 사용하기도 한다.

고미반자는 지붕 아래 다시 두꺼운 천장을 설치하는 것이므로 이중지붕 효과가 있어서 보온에 유리하다.

지붕과 기와

안동 후조당 종택. 용마루와 암키와, 수키와로 된 지붕골이 정연하다.

↑
안동 읍청정. 처마선의 곡선이 잘 드러나는
팔작지붕의 자태가 유려하고 우아하다.

1. 팔작지붕

1 팔작지붕의 출현
고구려 고분 벽화 안성동 대총
누각도를 보면 용마루의 선은
팔작지붕과 같으나 내림마루의
선은 팔작지붕이라고 볼 수
없고, 안악3호분 동수묘冬壽
墓 동측간 벽화도 박공지붕
혹은 우진각지붕으로 생각되는
지붕의 모습이 그려져 있어서
적어도 삼국시대에는 나타나지
않았던 양식이다. 조선 초
안견의 '몽유도원도'에 그려진
세 채의 집도 팔작지붕은
아니고, 추사의 '세한도'
에 그려진 집도 팔작지붕이
아니다. '몽유도원도'는
시기적으로 팔작지붕이 아직
일반적이지 않았다고 볼 수
있고, '세한도'는 유배지의
겨울을 표상하고 있으므로
현실적이지 않은 원형의 창과
맞배지붕으로 나타난 것이리라.

2 앙곡
추녀의 끝머리가 휘어 올라
곡선을 이룬 것을 말한다.
앙곡의 높고 낮음은 처마
중앙과 끝의 높이 차이로
나타난다.

3 안허리곡
착시를 바로잡기 위해
팔작지붕의 처마선 가운데
부분을 후려서 들어가게 만든
곡선을 말한다. 하늘에서 보면
확연하게 나타난다. 4개의
추녀부분이 튀어나오고 가운데
부분을 후린 것인데 처마선의
앙곡보다는 얕게 만든다.

팔작八作지붕은 고려 때 출현[1]하여, 조선 중기 이후의 대표적 지붕 양식이 되었다. 윗부분이 맞배지붕으로 되어 있고 아랫부분은 팔八자와 같이 펼쳐져 있는 모습에서 팔작지붕이라는 이름이 유래한 듯하다. 윗부분에 삼각형의 합각부분이 있으므로 합각지붕으로도 불린다. 합각에는 통기구멍만 내는 경우도 있고, 와편을 박아 두거나 꽃담을 만들어 장식하기도 한다.

중국의 경우에는 주요한 건물에 우진각지붕을 많이 사용한다. 우리나라는 안채와 사랑채 등 몸채의 지붕은 팔작지붕이 많고 부속사는 우진각지붕이나 맞배지붕이 많다.

팔작지붕에서는 한옥 특유의 용마루곡선·처마곡선·추녀곡선·내림마루의 곡선들이 유연하게 어우러진다. 처마의 곡선은 앙곡昂曲[2] 뿐만 아니라 추녀가 있는 모서리부분이 튀어나가면서 곡선을 이룬 안허리곡[3]이 합성하여 만들어낸 곡선이다.

대개는 팔작지붕이 완성형으로 나타나지만 ㄱ자나 ㄷ자형 평면인 경우에는 지붕과 지붕 사이의 꺾이는 부분에 회첨골이 있다. 바닥에 높낮이가 있을 경우에는 정침은 팔작지붕이고 여기에 맞배지붕이 연이어 구성된 예를 많이 볼 수 있다. 그런데 경주 독락당의 옥산정사玉山精舍는 같은 높이인데도 한쪽은 맞배지붕이고 다른 한쪽은 팔작지붕으로 구성되어 있는 것이 독특하다.

↑
안동 홍해배씨 임연재종택. 팔작지붕의
안허리곡이 드러난다.

†
안동 이우당종택. 팔작지붕의 측면은 전면보다
짧으므로 앙곡이 더 두드러지게 보인다.

↑
대구 남평문씨 종택. 팔작지붕 합각부분에
모란문양의 꽃담을 만들었다.

한옥의 구성 → 지붕과 기와 → 팔작지붕

↑
해남 녹우당. 솟을대문 오른쪽 행랑마당에 있는 곳
간채의 지붕이 우진각지붕이다.

2. 우진각지붕

우진각지붕이란 지붕의 앞뒷면이 사다리꼴이고 옆면은 삼각형으로 된 지붕을 말한다. 즉 4개의 추녀마루가 용마루에 붙어 있는 형국이다. 중국의 경우는 집이나 궁궐의 주요 건물 지붕을 우진각지붕으로 만들고 팔작지붕을 오히려 부속사에 사용하는 것이 우리나라와 다르다.

용마루, 처마, 추녀가 만드는 한옥의 아름다운 지붕곡선이 우진각지붕에서는 덜 나타난다. 상류층 한옥의 안채, 사랑채에는 거의 사용하지 않고 부속사에서도 드물게 우진각지붕이 발견된다. 기와지붕은 우진각지붕 형식이 드물지만 초가집은 대부분 우진각지붕이다.

한옥의 구성 → 지붕과 기와 → 우진각지붕

↑↑
경주 창은정사. 전체가 맞배지붕이다.

↑
경주 창은정사. 맞배지붕 측벽을 보호하기 위해서 풍판을 붙였다.

3. 맞배지붕

맞배지붕은 가장 간결하게 만들어진 지붕이다. 지붕의 네 모서리에 추녀가 없고 경사지붕 구조에 앞뒤로 장방형의 지붕을 덮은 형태로서 홑집 평면에 많이 쓰인다. 툇간이 있는 정도의 규모까지는 맞배지붕이 쓰인다. 안채, 사랑채 지붕에는 팔작지붕보다 덜 쓰이지만 양동의 창은정사는 맞배지붕으로 되어 있음에도 우아한 용마루 곡선이 나타난다. 안동지역에서는 맞배지붕이 많이 발견되는데 증축을 한 부분에 가설하기 좋은 형태이기 때문인 듯하다. 맞배지붕은 사당채나 부속사와 같이 작은 규모의 지붕에 많이 쓰인다.

앞뒤로만 지붕이 씌워지기 때문에 비와 바람에 측면 벽이 훼손되는 것을 막기 위해 박공아래에 나무로 보호판을 붙이게 되는데 이것을 풍판이라고 한다.

↑
안동 하회마을 화경당 고택.
안채 뒤쪽의 거대한 맞배지붕의
박공 아래 측벽은 나무 풍판과
꽃담으로 보호되어 있고, 거대한
눈썹지붕이 벽에 걸려 있다.

←
거창 동계종택, 사랑채 누마루의
눈썹지붕. 처음부터 있었던
것인지는 알 수 없으나 부연을
달아 겹처마로 하지않고
눈썹지붕을 두른 것이 이채롭다.

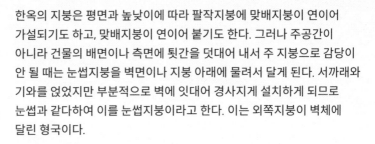

4. 눈썹지붕

한옥의 지붕은 평면과 높낮이에 따라 팔작지붕에 맞배지붕이 연이어
가설되기도 하고, 맞배지붕이 연이어 붙기도 한다. 그러나 주공간이
아니라 건물의 배면이나 측면에 툇간을 덧대어 내서 주 지붕으로 감당이
안 될 때는 눈썹지붕을 벽면이나 지붕 아래에 물려서 달게 된다. 서까래와
기와를 얹었지만 부분적으로 벽에 잇대어 경사지게 설치하게 되므로
눈썹과 같다하여 이를 눈썹지붕이라고 한다. 이는 외쪽지붕이 벽체에
달린 형국이다.

거창 동계종택에는 이채로운 눈썹지붕이 사랑채 누마루에 설치되어
있다. 겹처마 대신 붙인 것으로 보이는 눈썹지붕은 가느다란 원기둥으로
지지하고 있다. 안쪽 끝에는 돌로 된 팔각기둥에 나무 원기둥을 얹어
활주를 설치하여 지붕을 지지하고 있다. 누마루를 구성한 이후에 필요에
의해서 눈썹지붕을 추가로 만들어 햇빛을 가리는 기능을 했을 것으로
생각된다.

안동 하회마을 화경당 고택의 눈썹지붕은 거대하다. 유난히 높은
맞배지붕 안채의 박공부분에 풍판을 부분적으로 설치하고 꽃담을 연이어
설치한 것과 그 아래에 눈썹지붕을 설치한 것이 독특하다. 박공지붕의
측면에 증축하고 나서 눈썹지붕을 얹은 모양새이다.

↑
안동 번남고택. 용마루 아래 지붕골이 잘
드러난다. 회첨골이 양쪽에 각 1줄씩 있고
지붕골 끝을 하얀 회반죽으로 둥글게 마감하여
색채 대비가 두드러진다.

5. 용마루

용마루는 경사지붕의 앞·뒤쪽이 만나는 가장 높은 부분으로서 맞배지붕·
우진각지붕·팔작지붕의 꼭대기 지붕마루에 해당한다. 특히 팔작지붕의
용마루는 가운데가 양쪽보다 낮은 자연스런 현수곡선懸垂曲線catenary
line을 그리고 있어서 처마곡선과 함께 우아한 지붕선이 나타난다.

용마루를 만들 때는 먼저 지붕의 기와를 얹은 다음, 기왓골에 맞추어
수키와를 양쪽에서 중앙으로 약간 기울게 쌓는다. 그 사이에 보토補土를
쌓아 수키와인 부고付高를 올리고 암키와를 홀수로 5장정도 올린다.
마지막으로 수키와를 한 줄로 얹어서 마감한다. 용마루의 양쪽 끝에는
마무리로 망새기와[1]를 붙인다. 살림집에서는 내림마루와 추녀마루 끝에
망와望瓦[2]를 붙여 마감한다. 망와는 암막새기와의 드림새를 더 깊게 만든
것을 얹은 모양으로 붙이거나 귀면와[3]를 붙여 마감한다.

6. 지붕골

지붕골은 지붕의 경사를 따라 생긴 기와골을 말하는데 줄줄이 올린
암키와 사이를 덮은 수키와가 지붕골을 만든다. 지붕골은 일정한 기와의
간격에 따라 지붕의 높이만큼 자연스러운 세로줄을 형성한다. 처마가
ㄱ자로 꺾이게 되는 부분을 회첨이라고 하며, 회첨에 생긴 지붕골을
회첨골이라고 한다. 1개가 가장 일반적이지만 2-3개까지도 만들어진다.

지붕을 이을 때는 비와 눈이 새지 않도록 하는 것도 중요하지만
자연스러운 지붕골 곡선을 만드는 것이 중요하다. 서까래 위에 산자를
엮고 그 위에 적심[4]을 덮고 나서 보토를 올리는 것부터 지붕골의 곡선
만들기에서 아주 중요한 과정이다. 이러한 곡선은 내림마루와
추녀마루에도 적용되고 지붕골과 처마곡선에도 적용되는데 이러한
자연스러운 곡선의 곡률은 대목장의 경험에서 우러나온다.

1 망새기와
마루기와의 끝에 붙이는 망와·
치미鴟尾·취두鷲頭·용두龍
頭 등을 말한다. 살림집에서는
암막새기와의 드림새를 더
깊게 만들어 얹은 모양으로
내림마루와 추녀마루 끝에
붙이면 자연스럽게 올라간 지붕
선을 완성하게 된다. 망와의
표면에는 인동덩굴이나 귀신의
형상 등의 무늬를 넣는다.
치미는 조선시대 이전에 많이
사용되었고 조선시대에는
용두나 취두가 많이 쓰였다.
치미는 꿩과 관련이 있고,
용두는 용, 취두는 독수리와
관련이 있어 붙인 이름이다.

2 망와
망와는 살림집에 붙이는
망새기와의 일종으로 용마루의
양끝과 내림마루, 추녀마루의
끝을 마무리하기 위해 붙이는
기와를 말한다.

3 귀면와
귀면와는 귀신의 형상을
조각한 기와를 의미하며
추녀가 있는 네 귀퉁이 사래
끝에 붙이는 방형도 있고,
용마루 끝에 붙이는 마루용도
있다. 목조건물의 용마루
끝에 붙이거나 사래 끝에 붙여
목재를 보호하고 벽사의 의미를
가지고 있다.

4 적심
지붕물매를 잡기 위하여 산자
위를 메우는 잡목을 말한다.

↑
상주 양진당. 용마루선이 우아하다. 1줄의
회첨골을 두고 ㄷ자로 지붕이 이어져 있다.
정침의 처마선이 직선적이다.

334

↑
예천 초간정. 아래로 처진 추녀의 곡선이 독특하다. 부연이 있으므로 추녀위에 사래를 올렸다.

←
함양 일두고택. 내림마루와 추녀마루 끝에 암막새기와를 뒤집어 놓은 모양의 망와를 붙이고, 추녀 부분에 지붕 무게를 지탱하기 위해 활주를 세웠다.

7. 추녀, 사래

추녀春舌는 한옥의 특징이 가장 잘 드러나는 지붕 구성 중 팔작지붕의 우아미를 나타내는 데 있어서 아주 중요하다. 추녀는 처마와 처마가 만나는 부분에 경계를 이루는 부재이면서 안허리곡과 앙곡을 결정하므로 그 길이가 제법 길어 정교하게 다듬어야 하는 부재이기도 하다.

처마를 길게 빼기 위해서 홑처마로 부족하면 짧은 서까래인 부연을 더하여 겹처마를 만드는데, 홑처마용 추녀 끝에 부연길이 만한 겹처마용 추녀인 사래를 덧대어 올린다.

추녀와 외목도리가 만나는 부분의 좌우에는 선자서까래와 추녀가 균형을 잡고 처마의 곡선을 만든다. 처마 중앙과 추녀 끝의 높이 차이를 나타내는 앙각이 중국의 기와지붕은 너무 높고, 일본의 기와지붕은 거의 직선적이고 낮은데 비해 한옥의 지붕은 적당해서 우아한 곡선미로 나타난다. 추녀가 길게 나와 하중을 받아 지붕 처짐이 우려될 때는 활주活柱를 받쳐서 지지한다.

추녀의 단면은 장방형이지만 밑면은 약간의 곡선으로 만들고 끝부분에 나선형을 조각하여 추녀가 처지지 않고 경쾌하게 보이도록 만들기도 한다. 이를 게눈각이라고 한다. 사래 끝이나 추녀마구리에는 나무가 썩지 않도록 망와로 드림새가 깊은 암막새기와, 귀면와, 토수[1]를 끼우기도 한다. 이러한 모든 것들이 어우러져서 한옥의 처마선을 아름답게 만든다.

1 토수
팔에 끼우는 토시와 같이 추녀 끝에 끼워서 나무가 썩는 것을 방지하기 위한 망새기와의 일종인데 용을 닮은 용두 혹은 독수리형의 취두가 있다. 살림집에는 토수보다 드림새가 깊은 망와나 귀면와를 주로 붙인다.

↑
장흥 존재고택. 추녀의 끝부분을 게눈각으로
처리함으로써 날렵하게 보인다.

↑
경주 창은정사. 맞배지붕 박공 끝부분의
게눈각으로 인해 둔탁하지 않고 부드럽게
보인다.

↑↑
안동 산남정. 귓기둥 주두 위의 결구 모습.
겹처마와 추녀, 사래가 보인다.

↑
안동 만휴정. 팔작지붕의 처마선이 용마루선,
추녀마루선과 어우러져 아름답다. 일반
살림집보다 처마의 앙곡이 높아 지붕이
날렵하다.

8. 처마, 부연

1 삼공불환도
김홍도가 1801년에 그린
수묵담채화로서 보물 제2000
호이다. 영의정·좌의정·우의정
삼공이 자연 속에서 일상을
누리는 장면을 나타내고
있다. 팔작지붕과 맞배지붕이
그려져 있고 몸채에 해당하는
팔작지붕의 처마에는 송첨을
붙인 장면이 그려져 있다.
송첨은 아무나 가져다가 붙일
수는 없었다는데 삼공의
여유로운 자연생활을 나타내기
위해 그린 것으로 보인다.

처마軒는 서까래가 기둥의 밖으로 빠져나온 부분을 말하는데 2m 이상
내밀기를 하게 되므로 사계절이 뚜렷한 한반도의 기후에서 처마는 대단히
유용하다. 장마철에는 그 밑으로 비를 피해 다닐 수 있고, 계절에 따라
달라지는 태양의 고도에 따른 빛과 볕을 조절할 수 있게 해주기 때문이다.
서까래만으로는 충분한 처마깊이를 확보할 수 없을 때 부연을 덧대어
겹처마로 만들어 처마선의 완성미를 높이기도 한다.

처마의 깊이를 확보하는 가장 낭만적인 방법은 솔가지를 덧대어 만드는
송첨松簷이다. 김홍도의 삼공불환도三公不換圖[1]에서 팔작지붕 아래 그려
넣은 송첨은 처마의 길이를 늘려 여름날 햇빛을 막아 집안을 시원하게 하는
기능도 있지만 소나무향이 집안에 퍼져 머리를 맑게 하는 기능도 있었다고
한다.

집의 정면에서 바라보면 처마 양쪽이 위로 들려서 자연스럽게 상승하는
곡선을 만든다. 자연스레 양쪽이 들어 올라간 곡선은 집을 짓는 대목의
안목으로 만드는 평고대平高臺가 결정한다. 평고대는 서까래 끝에 놓이는
가늘고 긴 수평재인데 자연스럽게 현수곡선을 만들며 휘게 해서 앙곡을
결정하고, 여기에 서까래를 고정하여 처마의 곡선을 만들어 내는 것이다.
한옥의 지붕 선을 만들어냄에 있어서 처마 선은 완벽한 우아함으로 남음도
없고 모자람도 없는 무흠무여無欠無餘의 경지를 보여준다.

부연이 홑처마에 붙으면 겹처마라고 하는데 겹처마는 몸채에 주로 설치하고
부속채에는 잘 설치하지 않는다. 또한 몸채의 앞쪽에만 설치하고 뒤쪽에는
설치하지 않는다.

부연은 세 가지 한자로 쓰인다. '더할 부'를 쓴 부연附椽은 짧은 서까래를
덧붙였다는 의미이고, '뜰 부'를 쓴 부연浮椽은 끝이 약간 들리면서 떠
있다는 의미이고, '며느리 부'를 쓴 부연婦椽은 처마에 깊이가 있기를 원했던
며느리가 제안하여 이런 이름이 붙었다는 설이 있다.

부연은 둥글게 깎은 서까래와 달리 각이 지게 네모로 깎아 붙인다. 부연을
붙인 겹처마 지붕은 깊기 때문에 여름철에는 햇빛도 막아주고 비 오는
날에는 비를 맞지 않고 집안일을 하러 오갈 수 있을 만큼 깊은 처마를 확보해
주어 여러 모로 편리하다.

부연이 있으면 처마선이 들어 올려져 지붕이 더욱 날렵하게 보인다. 집을
더욱 화려하고 품격 있게 보이도록 하는 장치이기도 하다.

↑
안동 송암구택. 살림집이라 규모가 있어서
앙곡이 낮고 처마곡선이 부드럽다.

한옥의 구성 → 지붕과 기와 → 처마, 부연

↑
안동 소호헌. 암키와와 수키와의 끝에
암막새기와 수막새기와가 물려있어 격식을
더한다.

9. 기와

암키와는 지붕골을 구성할 때 아래에 놓이는 방方형의 넓은 기와이다. 암키와는 약간 휜 모양으로 수키와 밑에 놓여서 지붕골을 형성하여 눈과 빗물이 흐르도록 한다.

암키와는 제작할 때 문자나 무늬가 새겨진 방망이를 두들겨 성형하므로 겉면에 직선, 곡선의 선들이 조합된 기하학적인 무늬, 문자와 연도 등이 표시되어 있어서 제작소와 제작시기를 알 수 있는 중요한 단서를 제공한다.

암키와를 깔 때는 처마 끝부터 암막새기와 위에 2-3장씩 겹쳐서 깐다. 한 장을 깔고 그 위 절반 부분에 다시 한 장을 더 깨는 방식으로 하여 위로부터 물이 흘러내려도 아래로 스며들지 못하도록 방수기능을 위해 겹쳐서 까는 것이다.

수키와는 처마의 마지막 부분에 놓인 마구리 수막새기와를 덮는 방식으로 끼워 올라가듯이 깐다. 암키와가 맞닿은 곳을 덮듯이 올려놓는데 잘 끼워 맞을 수 있도록 앞에 있는 수키와끼리 서로 잇대어 연접하기 위해 만든 턱 부분에 수키와의 머리 부분을 올려 고정 하는 방식으로 이어 나간다. 수키와에도 방망이로 두들길 때 생긴 선·꽃·격자무늬들과 글자들이 남아 있어서 제작연대를 추정하는 자료로 유용하다.

격식을 갖춘 지붕에는 암막새기와와 수막새기와를 올리는데, 막새기와를 올리지 않은 상류층 한옥도 많다. 막새기와의 모양과 무늬는 시대에 따라 다르므로 조성시기를 유추하는 중요한 단서가 된다. 수막새기와를 올리지 않을 경우에는 아랫부분을 회반죽으로 둥글게 마감한다.

망와는 망새기와의 일종으로 용마루의 양끝과 내림마루, 추녀마루의 끝을 마무리하기 위해 붙이는 기와이다. 살림집에서는 용두나 취두를 토수로 붙이는 집보다는 망와를 붙이는 경우가 많다. 내림마루에는 암막새기와를 뒤집은 모양의 망와를 붙이기도 하는데 일반 암막새기와 보다 드림새가 깊게 만든 것이다. 추녀마루나 사래를 보호하기 위한 망와는 주로 귀면와를 붙인다. 그 이유는 귀신의 얼굴 형상을 한 기와를 붙임으로써 화재를 방지하고 귀신을 물리치는 벽사의 의미가 있다고 믿기 때문이다.

↑↑
안동 침락정. 내림마루의 귀면와이다.

↑
안동 소호헌. 추녀마루의 망와는 소용돌이
안에 글자가 쓰여 있고, 추녀 끝에 암키와를
붙였다.

↑ ↑
안동 소호헌. 용마루의 쌍용 무늬 망와이다.

↑
안동 소호헌. 약봉태실 용마루의 문자 망와이다.

IV. 한옥의 목구조

목조가구식 구조

안동 탁청정. 기둥에 초각한 초익공의 짜인 모습이 겹처마 지붕과 함께 장중한 아름다움을 보여주고 있다.

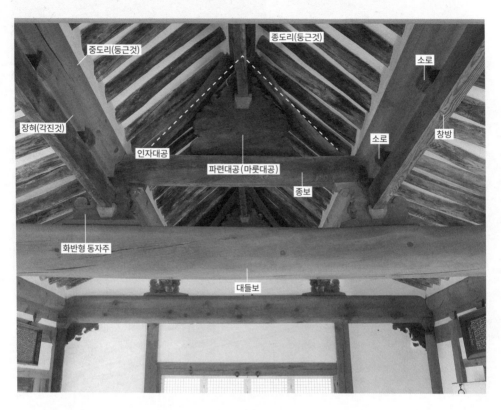

중도리(둥근것)   종도리(둥근것)   소로

장혀(각진것)   인자대공   소로   창방

파련대공(마룻대공)

종보

화반형 동자주

대들보

↑
안동 소호헌. 대들보 위에 화반형 동자주를
올리고 종보 위에는 파련대공이 얹혔다.
인人자대공이 종도리를 양쪽에서 지지하고
있다.

1. 보와 도리

1 결구
목구조는 같은 방향의
이음과 직교방향의 맞춤으로
결구된다. 못이나 나사를 쓰지
않고 나무를 깎아서 서로 끼워
맞추는 방식은 다양하다.
암수를 만들어 끼우는
장부맞춤, 네 갈래 요철凹凸
형으로 사개를 틀어 맞추는
사개맞춤, 나비장으로 물려 꽉
끼우는 나비장이음, 뺄목은
나무못인 산지를 박아 더욱
견고하게 한다. 우물마루는
요철凹凸을 만들어 끼우는
제혀쪽매, 머름은 뾰족하게
맞추는 제비초리맞춤, 45도로
맞추는 연귀맞춤으로 결구한다.

2 대들보
대들보는 튼실하여 사람이
올라가도 될 정도이다.
양상군자梁上君子라는
사자성어가 탄생된 배경은
다음과 같다. 후한後漢 말,
진식陳寔이라는 사람의 집에
도둑이 들어 대들보 위에
움츠리고 숨어 있었다. 이를
보고, 진식이 아들과 손자를
불러 '사람이 나쁘다 해도
본래부터 나빴던 것은 아니다.
해이한 습성이 성품이 되어
악을 행하게 된 것이다. 저
대들보 위의 군자도 마찬가지'
라고 하자 도둑이 죄를
고하며 사죄하였다. 이후부터
양상군자는 도둑을 뜻하게
되었다.

3 2고주 7량집
20세기 초부터 더러
살림집에도 7량집이 보이지만
앞뒤 평주를 하나의 대들보로
연결하기는 어렵다. 나주
남파고택의 안채는 겹집이면서
앞뒤로 툇간이 있는 2고주7
량집으로 1910년대에 지은
건축물인데 전라남도 지역에서
단일 건물로는 가장 규모가
크다고 한다.

한옥은 목조가구木造架構식 구조이다. 목조가구식 한옥구조는 못을 쓰지 않고 결구結構[1]하기 때문에 필요에 따라 해체하여 보수와 이동, 재조립이 용이하다. 목조가구식의 가장 중요한 부재는 보樑와 도리이다.

대청 중앙의 기둥과 기둥을 건너질러 거는 것이 보인데 제일 아래에 있는 보는 굵고 길어 대들보大樑[2]라고 한다. 대들보는 말끔하게 다듬기보다는 굴곡진 나무를 약간만 다듬어 그대로 사용한다. 대청의 크기에 따라 그 굵기의 비례가 맞아야 하므로 육칸대청을 가진 상류층 한옥의 대들보는 웅장한 면모를 보인다. 기둥에 결구한 보를 받치기 위해 짧은 장방형 부재를 끼우는데 이를 보아지甫兒只라고 한다. 보아지의 기능은 보를 아래에서 받쳐서 기둥과의 결구를 보완하는 것으로 초각을 하여 장식적으로 만들기도 한다.

종단면상에 도리道里가 걸리는 수에 따라 몇 량인가를 헤아린다. 도리는 서까래 바로 밑에서 기둥과 기둥 사이를 가로질러 지붕의 하중을 받는 부재이다. 기둥과 기둥 사이에 대들보를 건너지르고 동자주를 세운 후 종보를 걸면 보가 두 층으로 걸린다. 그 위에 마룻대공을 얹은 후 종도리를 올리면 도리가 5개이므로 5량집이다. 상류층 한옥은 5량집이 많다. 5량집에 툇간이 있을 경우에는 도리와 툇기둥을 잇는 짧은 툇보를 설치하는데 도리가 높고 툇기둥이 낮으면 굽은 보를 쓰게 된다. 높이 차이가 나서 굽은 보를 쓰면 모양이 소의 꼬리와 같다 하여 우미량牛尾樑이라고 부른다.

7량집은 대들보 위에 동자주를 세우고 중보를 얹고 또 동자주를 세운 후에 종보를 얹은 후 마룻대공을 올린다. 7개의 도리를 걸게 되므로 내부공간이 높고 넓게 조성되어 주로 궁궐이나 사찰 등의 권위건축에서 나타난다. 살림집에서는 드물게 7량집이 있다 하더라도 1개의 대들보 위에 7개의 도리를 모두 걸지는 않고, 앞뒤 툇간의 고주에 들보 방향으로 우미량을 걸어 2고주 7량집[3]으로 만든다.

측면이 2칸인 겹집에서는 보에 직각으로 걸리는 충량을 거는데 역시 보가 높고 평주가 낮으므로 굽은 보를 건다.

한옥의 목구조 → 목조가구식 구조 → 보와 도리

사래

부연

부연

겹처마

추녀

서까래

서까래

처마

↑
안동 소호헌. 창방과 장혀 사이에 소로를
끼우고 장혀 위에 굴도리가 얹혀 있다.
기둥에 창방이 짜인 것은 익공식과 유사하다.
홑처마에 부연이 덧대어져 겹처마가 되었다.

2. 민도리식

민도리식은 기둥 위에 익공, 공포를 결구하지 않고 기둥머리에서 보와 도리가 직접 결구되어 서까래를 받는 방식으로 창방昌防이라는 부재가 없다. 민도리식에는 창방이 없으므로 소로를 끼우지 않는다.

기둥과 기둥 사이에 가로로 얹히는 도리는 단면이 둥근 굴도리도 있고 네모난 납도리도 있다. 납도리는 뒤틀렸을 때 표시가 나므로 기둥과 기둥 사이의 간격이 비교적 좁은 살림집이나 부속사에 많이 썼다. 기둥머리를 4갈래로 사개를 틀고 보와 납도리를 직접 결구하는 방식이다. 상류 주택에서도 납도리보다 좁은 형태의 장혀長舌(혹은 장여)를 받친 납도리집이 발견된다.

굴도리는 뒤틀려도 크게 표시가 나지 않고 치목하기도 쉽다. 굴도리집은 장혀를 받치는데 5량집 상류 주택에서 가장 많이 사용하는 방식이다.

이처럼 민도리식은 굴도리집과 납도리집으로 다시 나뉘는데, 지방천원地方天圓 사상에 의거하여 남자가 사용하는 곳은 굴도리식으로, 여자가 사용하는 곳은 납도리식으로 했다는 설이 있다. 예를 들어 창덕궁 연경당에는 안채는 납도리. 사랑채는 장혀를 받친 굴도리를 썼다. 해남 녹우당의 사랑채는 납도리에 장혀가 받쳐 있다.

↑
안동 하회마을 원지정사. 귓귀둥 위에 주두,
주두 위에 이익공이 짜여있다.

3. 익공식

익공식翼工式이란 기둥이 창방과 직교하는 형식인데, 익공은 쇠서牛
舌모양으로 초각을 한 날개 모양의 부재가 있어 붙은 이름이다.
살림집에는 초익공과 이익공, 둥글게 만든 물익공勿翼工이 사용되기도
하고, 잘린 상태의 익공은 직절익공이라고 한다. 익공이 기둥 위에 앞뒤로
짜이므로 내부에서는 들보를 받치는 보아지의 기능을 한다. 민도리식에는
창방이 없으므로 소로를 끼우지 않지만, 익공식은 기둥에 창방이
직교하면서 도리를 받친 장혀와의 사이에 간격이 생기므로 일정한
간격으로 소로를 끼우게 된다. 그러면 장식적으로 보이므로 민간에서는
흔히 소로수장집이라고 한다.

창방과 장혀 사이에 화반을 끼울 경우에는 그 사이가 소로를 끼운
경우보다 더 넓다. 그리하여 주두 좌우에는 첨차와 소로를 이용하여
주심에 포를 만들고 앞쪽에는 익공을 붙여서 주심포와 익공이 같이 있는
과도기형식을 보여준다(강릉 오죽헌).

↑
안동 체화정. 기둥에 창방이 짜이고, 주두에
초각된 앙서와 쇠서가 짜여있다.

↑
강릉 오죽헌. 주두에 주심포와 이익공이 짜인
조선 전기 양식이다.

한옥의 목구조 → 목조가구식 구조 → 익공식

공포

공포

공포

공포

↑
영광 매간당 고택. 삼효문의 상부에 주두·
살미·첨차·소로를 이용하여 공포를 짜서
가장 장식적인 형태로 만들었다.

4. 공포식

공포

주두·살미·첨차·소로를 이용하여 기둥 위에 포를 짜 올리는 것이 공포식이고 가장 장식적이다. 공포栱包는 역사다리꼴의 굽을 만든 장방형의 운두가 있는 주두 위에 구성되어 보, 도리와 함께 지붕의 무게를 기둥에 전달한다. 공포는 고구려 고분벽화에서도 나타나므로 유래가 길다.

살미山彌는 도리에 직교하여 받치는 부재이고, 첨차檐遮는 도리와 평행하는 짤막한 부재이다. 소로는 주두와 같은 모양이지만 크기가 작은데 살미와 첨차의 사이에 놓이는 소로는 홈을 파서 살미와 첨차에 맞추므로 갈소로라고 부른다.

기둥 위에만 공포를 구성하면 주심포식이 되고 기둥과 기둥 사이에도 주간포를 구성하면 다포식이다. 공포의 화려함은 외부로 얼마나 뻗어 나오는가 하는 출목의 수, 아래위로 살미가 몇 층으로 쌓이는가 하는 제공의 수에 따른다. 조선시대에 이르면 주심포식 보다는 기둥과 기둥 사이에 주간포를 여러 개 구성하여 화려한 모습을 보여주는 다포식을 선호했다.

살림집에서는 사당과 비각에 공포를 구성하는 경우도 있지만 공포는 주로 궁궐, 관아, 사찰 등의 권위 건축에 쓰였다.

목구조의 장식

→ 1. 마룻대공

→ 2. 주두

→ 3. 소로, 화반

→ 4. 살미, 첨차

안동 소호헌. 기둥이 창방과 짜이고, 주두와 결구된 후, 장혀·굴도리가 귓기둥 위에 짜인 모습이 잘 드러나 있다. 창방 뺄목을 초각하여 장식성을 더했다.

파련대공

↑
안동 후조당 종택. 사랑대청에 장혀를 받친
납도리를 썼고, 마룻대공을 초각草刻한
파련대공이 화려하다.

1. 마룻대공

마룻대공은 종보 위에서 종도리를 받친 부재로서 안정감을 위해
판대공으로 세우는 경우가 많다. 단순한 사다리꼴 판대공으로 세우기도
하지만 인人자 모양의 솟을합장으로 세우기도 하고, 운雲형, 파련대공波
蓮大工형으로 초각하여 화려하게 세우는 경우가 많다.

→
안동 후조당 종택. 제청인
후조당의 마룻대공을
파련대공으로 아름답게
초각하여 얹었다. 현판의
글씨는 퇴계의 것이다.

물익공

물익공

주두

들보

↑
안동 소호천. 기둥 위의 수두와 들보의
결구 모습. 그 아래에 물익공을 초각하였다.
내부에서는 보아지의 기능을 하고 있다.

2. 주두

주두柱頭는 기둥 바로 위에 얹는 부재로서 기둥 위에 공포를 구성할 때 필수 부재이다.

익공식에서는 초익공과 이익공에 별도의 주두를 놓는데 위의 것이 아래 것보다 크기가 작다. 민도리식에는 주두를 사용하지 않는다. 같은 집에서는 주두와 소로의 모양이 동일하지만 소로의 크기가 작다.

주두는 기둥머리 위에 바로 놓이게 되고 모양이 일정하지만 전후좌우 얹히는 장식구조에 따라 장식성에서는 많은 차이가 나타난다.

기둥과 도리를 결구할 때 주두 주변에 조수鳥獸형, 초화草花형 장식이 첨가되는 화공花栱·초공草栱은 세종 13년 기록[1]부터 궁궐 이외에는 쓰지 못하도록 되어 있다.

1 세종 13년 기록
백성의 집에는 화공花栱, 진채眞彩, 단청丹靑을 쓰지 못하도록 금했고, 중종 7년 기록에 '사대부의 가사가 제도를 벗어나고, 화공·초공이 극도로 화려하니 자진해서 헐게 하고 헐지 않으면 죄를 다스리라는 상소가 올라왔다'는 기록이 있다. 예종 원년 <경국대전>과 고종 2년 <대전회통>에도 숙석·화공·초공을 금한다고 되어 있다.(조선왕조실록, sillok.history.go.kr)

↑
안동 소호헌 약봉태실. 창방이
각기둥에 장부맞춤으로 짜이고
각기둥 위에 주두가 대들보와
사개맞춤으로 짜이고, 주두보다
작지만 같은 모양의 소로가
창방과 장혀 사이에 끼워지고,
장혀 위에 굴도리를 얹은 5
량집이다.

←
보성 이진래 고택. 정자인
열화정은 창방 위에 소로, 다시
창방 위에 소로를 올린 후 장혀와
굴도리를 얹음으로써 지붕을
들어 올려 내부공간을 더 높이는
효과를 주고 있다. 정자인데도
직절익공으로 만들었다.

3. 소로, 화반

굴도리집에서 창방昌防과 장혀 사이에 소로小累를 끼움으로써 사이
공간이 생기기 때문에 한옥의 지붕 아래 전면의 구성이 둔탁하기보다는
가볍고 화려한 느낌을 준다. 소로에는 굽소로·평소로·딱지소로 등이
있는데 가장 정통 소로는 굽소로이다. 같은 집에서는 주두와 소로의
모양이 동일하고 크기만 차이가 난다.

소로가 끼워진 만큼 내부 공간이 조금 높아지므로 두 개의 층으로
구성하기도 한다. 추운 북부지방에서는 소로를 틈이 없이 끼워 막기도
하지만 남부지방에서는 틔워서 그 사이로 환기와 통풍이 되도록 공간을
두기도 한다. 소로는 공포를 만들 때 살미, 첨차가 교차되는 곳에도 일정
거리를 두고 끼우게 되는데 이는 갈소로라고 한다.

기둥에 창방을 끼우고 화반을 끼운 후에 장혀를 얹고 그 위에 도리가
놓이기도 한다. 구조도 보강하고 장식용으로 무늬를 초각한 부재라서
화반花盤이라고 부르는데 연꽃, 화분, 사자 등을 초각하여 만든다.
소로보다는 높아서 창방과 장혀 사이가 더 트여 바람이 잘 통하므로
살림집보다는 정자에 많이 쓰인다. 조선 전기 별당채인 강릉 오죽헌은
추운지방의 살림집이므로 창방과 장혀 사이에 화반이 있으나 보온을
위해 막아 두었다.

↑
안동 만휴정. 창방과 장혀 사이에 화반을
끼워 사이공간이 더 넓어 바람이 잘 통하고
화려하다. 화반과 장혀 사이에도 소로를
끼웠다.

372

소로

화반

한옥의 목구조 → 목구조의 장식 → 소로, 화반

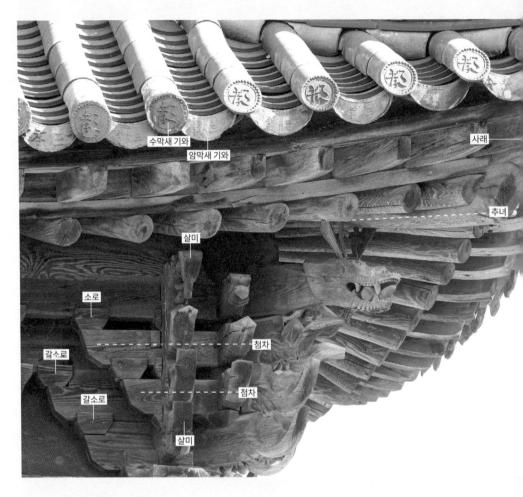

수막새 기와
암막새 기와
사래
추녀
살미
소로
첨차
갈소로
첨차
갈소로
살미

↑
영광 매간당 고택. 삼효문에 짜인 공포에서
살미의 마구리 부분이 쇠서와 앙서 형태로
장식적이고, 첨차, 소로가 잘 드러난다.
여의주를 문 용두가 네 귀퉁이에 얹혀
화려하다.

4. 살미, 첨차

살미山彌는 첨차와 직교하여 보 방향으로 중첩해 끼우는 긴 부재를 말한다. 살미는 마구리 모양이 건물의 외부로 돌출되기 때문에 화려한 조각으로 장식한다. 살미의 형태는 다양하지만 끝부분이 아래쪽으로 향하며 뻗어있는 것을 쇠서라고 부르고, 위로 향하는 것을 앙서라고 부르며, 날개처럼 뾰족하면 익공형, 구름처럼 둥글면 운공형이라고 한다.

첨차는 살미와 함께 공포를 구성하는 기본 부재로 살미와 반턱으로 직교하여 결구되는 도리 방향의 짧은 부재이다. 첨차는 단면이 장방형이나 복잡한 형태로 초각하기도 하고 위에는 소로를 얹기 위한 자리가 만들어져 있다.

첨차는 공포의 유형과 사용된 위치에 따라 주심柱心으로부터 평행으로 돌출하여 출목出目선상에 사용된다. 주심상에 있으면 주심첨차, 밖으로 돌출되면 출목첨차라고 한다. 출목이 많아지면 지붕이 더 높고 화려해진다.

처마

쇠서

앙서

서까래

겹처마

부연

↑
안동 체화정. 기둥 위가 이익공 형식인데
쇠서와 앙서가 독특하게 초각되어 장식미를
더한다.

주두

창방

원기둥

인용된 한옥들

* 인용된 한옥의 명칭은 문화재청의 표기를 따라 지역과 당호의 가나다순으로 정리하였다.

* 다만, 띄어 쓴 지명의 한자표기는 생략하였고 지명이 없이 건물이름만 단독으로 문화재명인 것은 지명을 함께 표기하였다.

서울·충청·강원·전라 지역

1. 강릉 선교장船橋莊(안채 1748년): 강원 강릉시 운정길 63, 국가민속문화재 제5호.

2. 강릉 오죽헌烏竹軒(15세기 후반): 강원 강릉시 율곡로 3139번길 24, 보물 제165호.

3. 구례 운조루 고택雲鳥樓 古宅(1776년): 전남 구례군 토지면 운조루길 59, 국가민속문화재 제8호.

4. 나주 남파고택南坡古宅(초당 1884년, 안채 1910년): 전남 나주시 금성길 13, 국가민속문화재 제263호.

5. 논산 명재고택明齋古宅(17세기말): 충남 논산시 노성면 노성산성길 50, 국가민속문화재 제190호.

6. 담양 소쇄원瀟灑園(1530년): 전남 담양군 가사문학면 소쇄원길 17, 명승 제40호.

7. 보길도 윤선도 원림尹善道 園林(세연정洗然亭·17세기): 전남 완도군 보길면 부황길 57, 명승 제34호.

8. 보성 이진래 고택李進來 古宅(19세기말): 전남 보성군 득량면 강골길 34-6, 국가민속문화재 제159호.

9. 아산 외암마을 건재고택建齋古宅(19세기후반): 충남 아산시 송악면 외암민속길 19-6, 국가민속문화재 제233호.

10. 영광 매간당 고택梅磵堂 古宅(1868년): 전남 영광군 군남면 동간길2길 83-1, 국가민속문화재 제234호.

11. 예산 김정희선생유적金正喜先生遺蹟(추사고택秋史古宅·18세기중엽): 충남 예산군 신암면 추사고택로 261, 충청남도기념물 제24호.

12. 장흥 오헌고택梧軒古宅(1910년): 전남 장흥군 관산읍 방촌1길 44, 국가민속문화재 제270호.

13. 장흥 존재고택存齋古宅(18세기): 전남 장흥군 관산읍 방촌길 91-32, 국가민속문화재 제161호.

14. 장흥 죽헌 고택竹軒 古宅(20세기초): 전남 장흥군 관산읍 방촌길 101, 전라남도민속문화재 제6호.

15. 정읍 김명관 고택金命寬 古宅(1784년): 전북 정읍시 산외면 공동길 72-10, 국가민속문화재 제26호.

16. 창덕궁 연경당昌德宮 演慶堂(1880년대 중반 이후): 서울 종로구 율곡로 99, 보물 제1770호.

17. 해남윤씨 녹우당 일원海南尹氏 綠雨堂 一圓(녹우당綠雨堂·안채 1472년, 사랑채 1669년): 전남 해남군 해남읍 녹우당길 135, 사적 제167호.

경상 지역

18. 거창 동계종택桐溪宗宅(1820년 중수): 경남 거창군 위천면 강동1길 13, 국가민속문화재 제205호.

19. 경주 독락당獨樂堂(1515년): 경북 경주시 안강읍 옥산서원길 300-3, 보물 제413호.

20. 경주 양동 무첨당無忝堂(조선 전기): 경북 경주시 강동면 양동마을안길 32-19, 보물 제411호.

21. 경주 양동 향단香壇(조선 중기): 경북 경주시 강동면 양동마을길 121-75, 보물 제412호.

22. 경주 양동마을(1392-1910): 경북 경주시 강동면 양동리 125, 국가민속문화재 제189호.

23. 경주 양동마을 송첨종택松簷宗宅(서백당書百堂·1457년): 경북 경주시 강동면 양동마을안길 75-10, 국가민속문화재 제23호.

24. 경주 창은정사蒼隱精舍(1841년): 경북 경주시 강동면 양동마을안길 75-33.

25. 경주 최부자댁崔富者宅(18세기중엽): 경북 경주시 교촌안길 27-40, 국가민속문화재 제27호.

26. 대구 광거당廣居堂(1910): 대구 달성군 화원읍 인흥3길 16.

27. 대구 남평문씨본리세거지南平文氏本里世居地(1840년대): 대구 달성군 화원읍 인흥3길 16, 대구광역시민속문화재 제3호.

28. 봉화 닭실마을: 경북 봉화군 봉화읍 충재길 44.

29. 봉화 청암정과 석천계곡靑巖亭과 石泉溪谷(청암정靑巖亭·1526년): 경북 봉화군 봉화읍 충재길 53-28, 명승 제60호.

30. 봉화 충재종택沖齋宗宅: 경북 봉화군 봉화읍 충재길 44.

31. 봉화남호구택奉化南湖舊宅(1876년): 경북 봉화군 봉화읍 바래미길 21, 경상북도문화재자료 제385호.

32. 산청 예담마을: 경남 산청군 단성면 지리산대로2897번길 10.

33. 상주 대산루大山樓(1603년): 경북 상주시 외서면 채릉산로 799-46.

34. 상주 양진당養眞堂(1628년): 경북 상주시 낙동면 양진당길 27-4, 보물 제1568호.

35. 상주 우복 종택愚伏 宗宅(1454년): 경북 상주시 외서면 채릉산로 799-46, 국가민속문화재 제296호.

36. 성주 응와종택凝窩宗宅(1821년): 경북 성주군 월항면 한개2길 23-16, 경상북도민속문화재 제44호.

37. 안동 고산정孤山亭(조선 중기): 경북 안동시 도산면 가송길 177-42, 경상북도유형문화재 제274호.

38. 안동 관물당觀物堂(1569)과 송암구택 경북 안동시 서후면 교리향교길 45-18, 경상북도민속문화재 제160호.

39. 안동 광산김씨 탁청정공파 종택光山金氏 濯淸亭公派 宗宅(1541년): 경북 안동시 와룡면 군자리길 33-6, 국가민속문화재 제272호.

40. 안동 계상고택繼尙古宅(19세기후반): 경북 안동시 예안면 부포로 833-212.

41. 안동 만휴정晩休亭(1501): 경북 안동시 길안면 묵계하리길 42, 경상북도문화재자료 제173호.

42. 안동 묵계서원및안동김씨묵계종택默溪書院및安東金氏默溪宗宅(1687)년: 경북 안동시 길안면 충효로 1736-5, 735-1, 경상북도민속문화재 제19호.

43. 안동 번남고택樊南古宅(1810년): 경북 안동시 도산면 의촌길 76-5, 국가민속문화재 제268호.

44. 안동 산남정山南亭(1541년): 경북 안동시 와룡면 군자리길 33-6.

45. 안동 성성재 종택惺惺齋 宗宅(조선후기): 경북 안동시 예안면 부포로 668, 경상북도민속문화재 제159호.

46. 안동 소호헌蘇湖軒(16세기): 경북 안동시 일직면 소호헌길 2, 보물 제475호.

47. 안동 수졸당및재사守拙堂및齋舍(17세기): 경북 안동시 도산면 하계길 1-9, 경상북도민속문화재 제130호.

48. 안동 오류헌 고택五柳軒 古宅(1678): 경북 안동시 임하면 기르마제길 18-15, 국가민속문화재 제184호.

49. 안동 원주변씨간재종택및간재정原州邊氏簡齋宗宅및簡齋亭(1498년 이후): 경북 안동시 서후면 풍산태산로 2720-30, 경상북도민속문화재 제131호.

50. 안동원촌동치암고택安東遠村洞恥巖故宅(19세기): 경북 안동시 퇴계로 297-10, 경상북도민속문화재 제11호

51. 안동 읍청정挹淸亭(조선 중기): 경북 안동시 와룡면 군자리길 33-6.

52. 안동 의성김씨학봉종택義城金氏鶴峰宗宅(1582): 경북 안동시 서후면 풍산태사로 2830-6, 경상북도기념물 제112호.

53. 안동 이우당종택二愚堂宗宅(1640년): 경북 안동시 임하면 임하중마길 45, 경상북도민속문화재 제49호.

54. 안동 임청각臨淸閣(군자정君子亭·조선 중기): 경북 안동시 임청각길 53, 보물 제182호.

55. 안동 정재종택安東 定齋宗宅(1735년): 경북 안동시 임동면 경동로 2661-8, 경상북도기념물 제170호.

56. 안동 진성이씨 온혜파 종택安東 眞城李氏 溫惠派 宗宅(노송정老松亭·1454년): 경북 안동시 도산면 온혜중마길 46-5, 국가민속문화재 제295호.

57. 안동 체화정安東 樺華亭(1761년): 경북 안동시 풍산읍 풍산태사로 1123-10, 보물 제2051호.

58. 안동 침락정枕洛亭(1672년): 경북 안동시 와룡면 군자리길 39, 경상북도유형문화재 제40호.

59. 안동 탁청정濯淸亭(1541년): 경북 안동시 와룡면 군자리길 33-6, 국가민속문화재 제226호.

60. 안동토계동계남고택安東土溪洞溪南故宅(19세기): 경북 안동시 민속촌길 190, 경상북도민속문화재 제8호.

61. 안동 퇴계종택退溪宗宅(1725년에 최초 건축): 경북 안동시 도산면 백운로 268, 경상북도기념물 제42호.

62. 안동 하회마을: 경북 안동시 풍천면 전서로 186, 국가민속문화재 제122호.

63. 안동 하회마을 겸암정사謙菴精舍(1568년): 경북 안동시 풍천면 풍일로 131, 국가민속문화재 제89호.

64. 안동 하회 양진당養眞堂(선조 대): 경북 안동시 풍천면 하회종가길 68, 보물 제306호.

65. 안동 하회마을 염행당 고택念行堂 古宅(1797년): 경북 안동시 풍천면 하회남촌길 60-5, 국가민속문화재 제90호.

66. 안동 하회 충효당忠孝堂(선조 대): 경북 안동시 풍천면 하회종가길 69, 보물 제414호.

67. 안동 하회마을 화경당 고택和敬堂 古宅(1797년, 1892년에 증축): 경북 안동시 풍천면 하회북촌길 7, 국가민속문화재, 제84호.

68. 안동 허백당 종택 安東 虛白當 宗宅(16세기):경상북도 안동시 미동길 72 국가민속문화재 제284호

69. 안동 학암고택鶴巖古宅(1800년경): 경상북도 안동시 풍산읍 미동길 59, 국가민속문화재 제179호

70. 안동 향산고택響山古宅(19세기초중반): 경북 안동시 퇴계로 297-6, 국가민속문화재 제280호.

71. 안동 후조당 종택後彫堂 宗宅(후조당後彫堂·16세기중반): 경북 안동시 와룡면 군자리길 21, 국가민속문화재 제227호.

72. 안동 흥해배씨 임연재종택興海裵氏 臨淵齋宗宅(1558년): 경북 안동시 향교1길 51, 경상북도유형문화재 제25호.

73. 영양 주곡동옥천종택注谷洞玉川宗宅(17세기말): 경북 영양군 일월면 주실길 25-15, 경상북도민속문화재 제42호.

74. 영천 매산고택과 산수정梅山古宅과 山水亭(18세기): 경북 영천시 임고면 삼매매곡길 356-6, 국가민속문화재 제24호.

75. 예천 초간정草澗亭(1582년): 경북 예천군 용문면 용문경천로 874, 경상북도유형문화재 제475호.

76. 청도 운강고택과 만화정雲岡故宅과 萬和亭(1726년): 경북 청도군 금천면 선암로 474, 국가민속문화재 제106호.

77. 청송 송소 고택松韶 古宅(1880년): 경북 청송군 파천면 송소고택길 15-2, 국가민속문화재 제250호.

78. 함양 일두고택一蠹古宅(16, 17세기 건축): 경남 함양군 지곡면 개평길 50-13, 국가민속문화재 제186호.

참고한 책들

- 경기도(1978). 경기도 한옥조사보고서.
- 경상남도지 편찬위원회(1963). 경상남도지, 하.
- 경상북도(1979a). 양동마을 조사보고서.
- 경상북도(1979b). 하회마을 조사보고서.
- 고전간행회(단기 4292). 이규경 오주연문장전산고 上. 서울: 동국문화사.
- 국립민속박물관(1988). 전라남도, 구례운조루.
- 권오순 역해(1982). 禮記. 서울: 홍신출판사.
- 김광언(1988). 한국의 주거민속지. 대우학술총서 인문사회과학 29. 서울: 민음사
- 김광언·주명덕(1980). 정읍 김씨집. 열화당 미술문고 58. 서울: 열화당.
- 김병모(1985). 한국인의 발자취. 서울: 정음사.
- 김상억 역(1973). 이능화 조선여속고. 서울: 대양서적.
- 김왕직(2019). 알기 쉬운 한국건축 용어사전. 파주: 동녘.
- 김용숙(1989). 한국 여속사. 대우학술총서 인문사회과학 38. 서울: 민음사.
- 김정기(1980). 한국의 목조건축. 서울: 일지사.
- 김풍기(2014). 한시의 품격. 파주: 창비.
- 김자경(2015). 전통주거에서 배우는 웰빙 주생활. 서울: 시공문화사.
- 김정기(1980). 한국의 목조건축. 서울: 일지사.
- 목심회(2015). 우리 옛집. 강원·경기·서울·전라·제주· 충청. 서울: 도서출판 집.
- 목심회(2015). 우리 옛집. 경상도. 서울:도서출판 집.
- 문화공보부 문화재관리국(1969-1980). 한국민속종합조사보고서 강원도편·경기편·경북편· 경남편·전남편·전북편·충북편·황해·평안남북편.
- 문화공보부 문화재관리국(1984). 전통가옥 조사보고서.
- 문화공보부 문화재관리국(1985). 한국민속종합조사보고서 주생활편.
- 민족문화추진회(1968). 국역 고려사절요. 고전 국역총서 13.
- 민족문화추진회(1967). 국역 신증동국여지승람 고전국역 총서 40-46.
- 박영순·민찬홍·오혜경·천진희·강순주·김대년·최재순· 홍형옥(1998). 우리 옛집 이야기. 서울: 열화당.
- 박혜인(1988). 한국의 전통혼례연구. 서울: 고대민족문화연구소
- 백태남 편저(2002). 한국사 연표. 서울: 다할미디어.
- 부산대학교 점필재연구소(2016). 역주 점필재집 I 파주: 도서출판 점필재.
- 서울특별시 편찬위원회(1963). 서울특별시사 고적편.
- 서유구 저, 안대회 역(2005). 산수간에 집을 짓고. 파주: 돌베개.
- 손정목(1977). 조선시대 도시사회 연구. 서울: 일지사.
- 신영훈(1983). 한국의 살림집 상·하. 서울: 열화당 미술선서 37-38.
- 오주석(1999). 옛 그림읽기의 즐거움. 서울: 솔.
- 유홍준(2002). 완당평전 1. 서울: 학고재.
- 윤장섭(1990). 한국건축사론. 서울: 기문당.
- 이기웅 엮음(2015). 한옥. 파주: 열화당.
- 이광규(1986). 한국 가족의 史的 연구. 서울: 일지사.
- 이화여대 한국여성연구소(1977-1989), 한국여성관계자료집, 고대-근대편, 서울: 이화여자대학교 출판부.
- 이화여대 한국여성사 편찬위원회(1972). 한국여성사 I·II. 서울: 이화여자대학교 출판부.
- 장용득(1976). 명당론 전집. 서울: 신교출판사.
- 정인국(1974). 한국건축양식론. 서울: 일지사.
- 주남철(1980). 한국 주택건축. 한국문화예술대계 10. 서울: 일지사.
- 주남철(2001). 한국의 문과 창호. 서울: 대원사.
- 주남철(2009). 한국의 정원. 서울: 고려대학교 출판부.
- 최재석(1983). 한국가족제도사 연구. 서울: 일지사.
- 최창조(1984). 한국의 풍수사상. 서울: 민음사.
- 한국역사연구회(1996). 조선시대 사람들은 어떻게 살았을까 1. 서울: 청년사.
- 한국고문서학회(1996). 조선시대 생활사. 서울: 역사비평사.
- 한우근·이태진(1984). 사료로 본 한국문화사 조선전기편. 서울: 일지사.
- 한우근·이성무(1985). 사료로 본 한국문화사 조선후기편. 서울: 일지사.
- 홍형옥(1992). 한국 住居史. 대우학술총서 인문사회과학 66. 서울: 민음사.
- J.S.Choi, J.H.Chun, H.O.Hong, S.J.Kang, D.N.Kim,C.H.Min, H.K.Oh, and Y.S.Park(1999). *Hanoak-Traditional Korean Homes. Seoul*: Hollym.
- Yi Ki-ung(ed.)(2015). *Hanok-The Traditional Korean House*. Paju: Youlhwadang.

참고한 논문들

- 김광언(1969). 정읍 김동수씨 집, 고문화, 제 7집. pp. 14-28.
- 김선우(1979). 한국 주거난방의 사적(史的) 고찰, 대한건축학회지, 23권90호. pp. 17-22.
- 김순일(1981). 조선 후기의 주의식에 관한 연구, 대한건축학회지, 25권98호. pp.18-22.
- 김용숙(1971). 이조 여인상 연구, 아세아여성연구, 10집. 아세아여성문제연구소,pp. 111-159.
- 김정기(1970). 한국 주거사, 한국문화사대계 IV, 고대(高大) 민족문화연구소, pp. 117-189.
- 김지용(1968). 내훈에 비쳐진 이조여인들의 생활상, 아세아여성연구, 7집. 아세아여성문제연구소, pp. 173-199.
- 손진태(1947). 온돌 고(考), 조선민족문화연구, 조선문화총서 5집. 서울: 을유문화사. pp. 67-86.
- 정효섭(1973). 조선시대에 있어서 여성의 사회적 위치, 아세아여성연구 12집. 아세아여성문제 연구소, pp. 102-122.
- 주남철(1987). 온돌과 부뚜막의 고찰, 문화재 20. pp. 137-151.
- 최재석(1971). 한국가족제도사, 한국문화사대계 IV, 풍속·예술사, 고려대학교 민족문화연구소, pp. 423-528.

만든 사람들

사진 ― 이동춘(李東春)

신구대학교에서 사진을 전공하고, 광고사진 전문
스튜디오에서 광고사진 작업을 하다가 ㈜디자인하우스에
들어갔다. 오랫동안 월간 <행복이 가득한 집> 사진부에
재직하며 한옥을 비롯해 다양한 공간과 음식, 인물 등을
촬영했다. 우리 문화원형을 간직한 경북의 종가문화에
매료되어 안동을 중심으로 한옥과 종가의 관혼상제·
서원·향교·한식·한복·한지·해녀 등의 촬영에 주력하고
있다.

종가와 문화 관련 전시 및 저술은 다음과 같다.

- <오래 묵은 오늘, 한옥>, 디자인하우스 출판 및
  토포하우스 사진전(2010)
- <선비정신과 예를 간직한 집, 종가>, 사진 엽서집 출판 및
  독일한국문화원, 헝가리한국문화원,
  소피아국립문화궁전, UC버클리 및 LA한국문화원
  등에서 사진전(2012-2019)
- <섬김과 나눔의 리더십, 종부>, 한국국학진흥원 출판 및
  사진전(2012)
- <경주, 풍경과 사람들>, 맹그로브아트웍스 출판 및
  류가헌갤러리 사진전(2015)
- <소금, 빛깔 맛깔 때깔>, 국립민속박물관 사진전(2018)
- <한지장, 김삼식/삼식지소>, 문경시 출판(2020)
- <고택문화유산 안동>, 한국유네스코 안동협회 출판
  (2020)
- <잠녀 잠수 해녀>, 걷는 사람 출판(2020)

글 ― 홍형옥(洪亨沃)

서울대학교에서 학부와 석사를 마치고, 고려대학교
대학원에서 1986년에 '한국인의 주거조정 및 적응에
관한 연구-조선시대부터 현재까지-' 연구 논문으로
박사학위를 받았다.

1981년부터 경희대학교 생활과학대학
주거환경학과에서 주거사와 주거사회심리 분야를
강의했고, 현재 경희대학교 명예교수이다.

한국 주거사 관련 저술은 다음과 같다.

- 홍형옥(1992): 한국 주거사(住居史). 대우학술총서,
  인문사회과학 66. 서울: 민음사.
- 홍형옥 외 7인(1998): 우리 옛집 이야기. 서울: 열화당.
- Hong Hyung-Ock *et. al.* (1999): *Hanoak-The Story
  of Korean Homes-*. Seoul: Hollym.
- 홍형옥 외 7인(2004): 한옥의 공간문화. 서울: 교문사.
- 홍형옥 외 3인(2008): 한국주거의 사회사. 파주: 돌베개.
- 홍형옥 외 2인(2009): 한국주거의 미시사. 파주: 돌베개.

찾아보기

한옥·보다·읽다
Seeing and reading the Hanok
Traditional Korean House

1판 2쇄 인쇄 2021년 10월 12일
1판 2쇄 발행 2021년 10월 25일

사진	이동춘
글	홍형옥
펴낸이	이영혜
펴낸곳	㈜디자인하우스

디자인	금종각
교정	신혜연, 류수현
영업	문상식, 소은주

출판등록	1977년 8월 19일 제2-208호
주소	서울시 중구 동호로 272
대표전화	02-2275-6151
영업부직통	02-2263-6900
홈페이지	designhouse.co.kr

ⓒ 이동춘·홍형옥, 2021
ISBN 978-89-7041-750-9